投資銀行青春白書

保田隆明

ダイヤモンド社

投資銀行青春白書

プロローグ

日曜日の昼下がり

1

プルルルル　プルルルル

日曜日の昼下がり、マンハッタン証券・投資銀行本部の下園雅《ミヤビ》が表参道で友達とランチをしていると携帯電話が鳴った。ミヤビは携帯の画面を見ながら言った。

「ゲッ!!　先輩からだ……。いや〜な予感。どうしよう……」

携帯の画面を見つめたまま電話に出ないミヤビを見て、友達が言った。

「どうしたの？」

「うん、会社の先輩からなんだ。きっと、急な仕事ができたから今から会社に来いとか、そんな内容だと思うんだよね」

「そんなの無視しちゃえば？　どうせあと1日すれば月曜日になるわけだし。それに今ゴハン注文したばかりだよ」

「うーん、どうしよう……」


ミヤビが迷っているうちに電話は切れた。


「ミヤビの先輩、あきらめたんじゃない？」

「ううん。たぶん留守電が入っていると思う」


ミヤビはそう言って、恐る恐る留守電のメッセージを確認してみると、案の定メッセージが1件残っていた。


「なんだって？」

「今日の午後、出社してもらいたいって……」

「うっわー、大変ね。明日まで待てないような緊急事態なの？　やっぱりミヤビの業界って忙しいんだね。私はそんな業界に就職しなくてよかった～」

「毎週土日もなく、こんなに働きづめになるなんて、私も想像していなかったんだもん……。あ～あ。もう～、やだ～!!」

2

月曜日の朝、出社するなり、マンハッタン証券・投資銀行本部の梶田は、上司の平井の部屋に行った。

「週末の新聞、見ましたか？　すごいことになりましたね」

「お、梶田、おはよう。新聞の案件はもちろん見たよ。しかし、ぶったまげたな。規模が違いすぎるよ。これは日本企業にとっても大きな影響があるかもな」

「ですよね」

日曜日の新聞の1面には、アメリカの大手化粧品会社とヨーロッパの大手化粧品会社の合併が報じられていた。合併後の会社は売上高が世界でダントツの1位、しかも2位以下を圧倒的に引き離すことになるという。マンハッタン証券・投資銀行本部のマネージング・ディレクターの平井、そしてバイス・プレジデントの梶田は、化粧品会社、家庭用品会社、飲料会社などを担当しているグループだった。

「たぶん、クライアントのみなさんはこのニュースにはビビッていると思うよ。こういう海外市場での大合併は今後の業界再編の引き金になるし、日本メーカーが海外市場で活躍する場がますます小さくなっていくしな」

「ですよね」

「よし。とりあえず、早速案件の概要を取りまとめてクライアントを訪問しよう。海外、そして国内の化粧品市場にとってどんな影響があるのか、きっとどの会社も役員に報告をしないといけないだろうから」

「ええ」

「他の投資銀行より先にダーッと訪問してしまいたいんだけど、すぐに何か資料をまとめることはできるか？」

「大丈夫です。昨日のうちにミヤビが全部まとめてくれましたので、なんなら今すぐにでも出られますよ」

「お、それはありがたい。じゃあ、早速クライアントに連絡をしてアポを入れはじめるよ。

まずはメリー化粧品だな」

平井が受話器を取り上げたので、梶田は平井の部屋を出た。朝食がまだだったのでコンビニに向かって歩いていくと、途中の廊下でトイレから出てきたミヤビと出くわした。

「お。ミヤビ、おはよう」
「あ、先輩。おはようございます」
「どうしたの？　元気ないね」
「元気なわけないじゃないですか！　日曜日の午後から出社させられて、結局あの資料ができ上がったのって昨日の夜11時ごろだったんですから！　おかげで今朝はお肌ボロボロですよ」

ミヤビは明らかに不機嫌だった。「海外で起こった合併案件の概要をまとめるぐらいなら、月曜日に出社してからでも全然問題ないはずなのに」という思いが強かったからだ。

「そう言いながら、トイレで化粧したり、香水つけたりする余裕があるんだから、全然大丈夫そうじゃん」

「はあ?!　先輩、何言ってんですか?!　そんなこと言うなら今度週末に呼び出されても絶対に来ませんからね」

「ハイハイ。それより、午後の予定空いているか？」

「さあ。無駄な仕事はしたくありませんから、先輩に使う時間は1分もありませんよ。予定は全部埋まっています！」

「なんだか最近は生意気になってきたね～」

「ふん！」


投資銀行本部では、大学を卒業して新卒で入社すると、最初の3年間はアナリストと呼ばれる。一般的にアナリストというと証券アナリストや株式アナリストを意味するが、投資銀行本部では平社員のことを指す。ミヤビは入社3年目なのでアナリストに当たる。4年目からはアソシエイトと呼ばれる役職になり、その上の役職はバイス・プレジデントと呼ばれる。「バイス・プレジデント」をそのまま訳すと「副社長」になるので、なんだかすごい役職のように聞こえるが、実は一般企業で言うと中堅クラスのイメージだ。会社によってはバイス・プレジデントの代わりにディレクターという名称にしているところもある。その上にはシニア・バイス・プレジデント（エグゼクティブ・ディレクター）という役職があり、もっとも上はマネージング・ディレクターという役職だ。ミヤビの先輩に当たる梶田は入社7年目であり、ちょうどその年にアソシエイトからバイス・プレジデントに昇進したばかりだった。

梶田とミヤビの属する投資銀行本部は、企業の合併（M&A）や資金調達のアドバイザー業務をおもに手がけている。企業にとっては、M&Aをすると会社の規模を一気に拡大できるというメリットがある。また、新しい事業に挑戦するのに必要な資金を調達するのも企業の重要な仕事だ。

梶田がコンビニから戻ると同時に、上司の平井がデスクにやってきた。

「11時にメリー化粧品、13時にジャパンコスメ、そして15時にレイノール化粧品とアポが入ったから、よろしくな」

「うわー、よくこんな短時間でそんなにもアポが入りましたね」

「やっぱり、どの会社も早く社内報告用のメモを作れと上層部からせっつかれているらしいよ。ミヤビにも声かけておいてくれる？」

「分かりました」

梶田はミヤビに連絡する代わりに、オンラインで彼女のスケジュールをチェックした。案の定、ミヤビのその日の予定表は空白だった。

「予定が埋まっているなんて、やっぱりウソだったか」

そう言いながら、梶田はミヤビのオンライン予定表に3つのアポを書き込んでいった。そして、社内チャットシステムで、ミヤビを呼び出した。

「You've got 3 meetings today」（今日、アポが3つ入ったぞ）

「So?」（だから?）

梶田はミヤビの意地っ張りぶりにあきれつつも、アポが入ったことは知らせたので、それ以上ミヤビとチャットをすることなく他の仕事に取り掛かった。一方ミヤビは、梶田からのメッセージを見て、すぐに自分のオンライン予定表をチェックして、化粧品会社3社とのミーティング予定が入っていることを確認した。

「ゲッ！　ホントにもうこんなにアポが入っている。やっぱり昨日のうちに資料にまとめておいてよかったってことかぁ。悔しいけど、先輩の仕事虫ぶりには感心させられるなあ。しょうがない。もう少し他にニュースがないか調べてみるかぁ」

さっきまでむくれていたミヤビだったが、早速仕事モードに切り替えてパソコンを覗き込んだ。と同時に、昨日作った資料をグループアシスタントにメールで送り、15部カラーコピーしてほしいとお願いした。

平井と梶田が10時半ごろにミヤビの席に行くと、ミヤビがいなかったので、梶田がミヤビのアシスタントに聞いた。

「ミヤビは？」

「トイレじゃないでしょうか？　あ、ほらほら戻ってきました」

手に持っている化粧ポーチと、つけたての香水の匂いは、彼女がトイレで一生懸命化粧をしていたことを物語っていた。

「おいおい、遅れるぞ、早く準備しろ。どうせ誰もミヤビのことなんて気にもしないんだから、化粧なんてどうでもいいんだよ。それでなくとも、朝も出社してからトイレに籠っていたくせに」

「いいんです！　私には私のやり方があるんです。先輩にとってはどうでもよくても、クライアントのおじさまたちにとっては、少しでもオシャレに気を配った女の子のほうが喜ばれるんです！」

「30歳目前にしてまだ女の子気取りかよ」

「うるさいですよ、先輩！　私、まだ26ですから！」


三人は、急いでエレベーターを降りてタクシーに乗り込んだ。しばらくすると平井が言った。


「今日の説明、ミヤビにやってもらおうかな？」

「えぇー!?　無理ですよ～。平井さんと先輩がいるのに、どうして私がやるんですか？」

「ミヤビも毎回ミーティングに同席して居眠りするだけじゃなくて、たまには自分でプレゼンテーションをして、そろそろ一人前になっていかないといけないだろ？」

「はあ、それはそうかもしれませんが……。でも、そんな毎回寝てなんていませんよ！」

「でも、この前メリー化粧品の人たちと飲んだら、ミヤビはミーティング中によく寝ているって言われたぞ」

「やばっ……」

3

メリー化粧品に到着すると、財務戦略部長の小林以下3名がミーティングに出席した。小林は明るく言った。

「いや〜、海外は動きが激しいですね〜。でも助かりましたよ。平井さんから電話をもらう直前に、ちょうど役員から案件の説明をしろって連絡があったところだったので、これは渡りに船だと思いましてね。私がまとめるよりも、マンハッタンさんにまとめてもらったほうが分かりやすいでしょうし……」

「いえいえ、そんなことはないと思いますが、何かのお役に立つことができればと思いまして。では、早速ですが、概要を下園から説明させていただきます」

「お！　今日はミヤビちゃんがスピーカーですか？　これは楽しみですな」

そういう小林部長のセリフに一同ドッと笑い声を上げた。一方のミヤビは赤面しながら、おずおずと説明を始めた。実は、アナリストがミーティングでプレゼンテーションをすることはほとんどない。彼らはミーティングに出席しても発言することは少なく、ただひたすら先輩や上司のプレゼンテーション手法、クライアントとのコミュニケーション術を見て学ぶのだった。ミヤビも例外ではなく、クライアントの前でプレゼンテーションをするのはこれが初めてだった。

3年目を迎え、今でこそやっと戦力になってきたミヤビだが、ここに来るまでには紆余曲折さまざまなことがあった。それゆえ、ミヤビの教育係的な役割を担っていた梶田は、感慨深い思いでミヤビの初プレゼンテーションを見ていた。

第一章

ミヤビ、投資銀行にデビュー

［就職〜配属］

1

3年前にミヤビが就職活動をしていたころ、実は、彼女の採用に当たって社内の意見は真っ二つに分かれていた。

「この下園雅という学生に関してはどうですか？」

「絶対反対！」

「ええー、なんで?!　あの子いいじゃん！」

「あいつ、頭悪そうですよ。単なるチャラチャラ女子大生って感じで、まったくインテリジェンスを感じませんね」

賛成派はミヤビにはポテンシャルがあると見ており、反対派はミヤビの中身ではなくイマドキの女子大生っぽい雰囲気が生理的にイヤだったのだ。そして、賛成派、反対派ともに譲らなかった。外資系証券会社では、部署ごとの採用制度を採っており、日本企業のように人事部で一括採用して、配属も人事任せというものではない。したがって、採用時の面接官も人事部の人間ではなく、その部署で働く人間が直接面接をし、「こいつと一緒に働きたい」と思う学生がいれば強く推薦する。

採用人数が少ないことと、最近は学生のなかで外資系証券会社の就職希望率が高いことから、競争が激しい。面接は1～2回のグループ面接のあと、1対1の面接を10回ほど行うことが一般的で、全員の面接官がマルを出して初めて内定ということになる。

「そうかなあ？　芯が強そうだし、根性ありそうだし、それに、モノの吸収力は高いと思うけどね。確かに財務やファイナンスは全然知識ないけど、まあ、そんなのはあとで勉強すればいいし」

「いや、絶対に反対。ルックスがいいからって調子に乗っている感じがするし。英語だけはしゃべれる単なる帰国子女のおねーちゃんでしょ」

ミヤビが就職活動をしていた年の新卒採用では5人に内定を出す予定で、ミヤビ以外の4人は全員一致ですぐに採用が決まった。残る1人の枠をめぐって激論が繰り広げられていた。全員が採用したいと思う学生がいなかったのだ。一時は5人の枠をやめて、4人だけに内定を出すことにするという動きもあったが、万一誰かが内定をキャンセルした場合のことを考えるとやはりもう1人欲しい。それに、日々の業務は多忙を極めていたので、新卒学生が予定より1人少なくなるだけでも大きな不都合となるのだった。

最後の内定をどの学生に出すかに関して、最終的にはミヤビを含む3人の学生に絞って投資銀行本部の採用チームは議論していた。ミヤビ以外の2名に関しては、多くの社員は好印象を持ってはいたものの絶対に採用したいという強い意見は少なかった。つまり、2人とも悪くはなさそう、ただ、飛びぬけてよいわけではないという評価だったのだ。

一方、ミヤビに関しては賛成派半分、反対派半分と真っ二つに分かれたが、最終的には当時シニア・バイス・プレジデントだった平井の一言が大きく影響した。

「まあ、うちの業界も頭のいい素直な人間だけではなく、ああいうぶっとんだのを1人ぐらい入れて触発させてみるのもいいんじゃない？　ダメならクビにすればいいし。入社させてみて、どこのグループでも使い物にならなければうちで預かってもいいよ」

ということで、可もなく不可もない男子学生2名よりは、大当たりか大外れかどちらかのミヤビに賭けてみよう、ということでミヤビは最後の枠にギリギリセーフで滑り込んだ。もちろん当の本人は全然そんなことは知らない。

2

新入社員は夏にニューヨーク本社で約1カ月の研修がある。東京支店の投資銀行本部での新入社員は5名だったが、ニューヨーク本社で150名程度、ロンドンで70名程度、その他、シカゴ、サンフランシスコ、ロス、ヨーロッパ、アジア各都市、そして、南米でも数名から15名程度の新入社員が採用されていた。合計すると、ミヤビの同期は世界中に300名以上いることになる。

世界中から入社した同期の人たちのバックグラウンドはさまざまで、アメリカで採用されても国籍はアメリカ以外という人たちも多かった。ただ学歴は皆いわゆる高学歴で、ハーバード、スタンフォード、コロンビアなど日本人でも知っているような著名な大学卒の人たちが多かった。ミヤビ以外の日本人4名は、そんな海外オフィスの同期を初めて目の前にして、気を引き締めてこの研修に取り掛からないとまずいと思っていた。一方、ミヤビはそんな同期の気持ちをよそに、遊び気分満点だった。

ニューヨークでの研修内容は、有名大学の教授による財務、ファイナンスの講義が半分、そして、実務研修が半分だった。これらの知識はその後、投資銀行本部で仕事をしていくために必須となるのだが、ミヤビは日本の大学の授業と同じ程度にしか考えておらず、研修を締めくくる最後のテストでも他の4人はそこそこの成績だったが、ミヤビは圧倒的に悪かった。そして、もちろんこのテスト結果は東京オフィスにも報告が届いた。

ミヤビ本人はサボったという感覚はなかったが、ミーハー度120%の彼女にとって、ニューヨークのマンハッタンに1カ月間滞在できるというのは夢のようだった。実際のところ、このニューヨーク研修の存在もミヤビを外資系証券に駆り立てたひとつの要因でもあったのだった。

ミヤビは入社後の4月から7月までの給料、そして日本を出る直前にもらったなけなしのボーナスを全部この1カ月間のニューヨーク滞在中に使ってしまった。夜は毎日、ガイドブックに載っているレストランやバーを次から次へと渡り歩き、ミュージカル、美術館、大リーグ観戦、そしてショッピングとすることは尽きなかった。そんなミヤビの横行ぶりは、どこからともなく東京で働いていた先輩社員の耳に入っていた。

新入社員5名が研修を終えて東京での仕事に復帰した後は、先輩社員たちは新入社員が当然ニューヨークで財務、ファイナンスの知識をキチンと学んで帰ってきたものとして仕事を回すようになっていた。そんななか、ミヤビだけは圧倒的に知識が足りず、

「そんなの研修で学んだろ?」

「ミヤビ、ニューヨークで何してきたの?」

と、厳しい言葉を投げかけられる場面が増えていき、とうとう入社1年目の秋には、ミヤビには「ダメ社員」の烙印が押されていた。他の同期社員たちはグループの一員としてプロジェクトを担当するようになっていたが、ミヤビだけは場当たり的な仕事を頼まれることが多かった。また、そんなミヤビのことは、シニアスタッフのミーティングでも問題児として取り上げられた。

「あいつ、ニューヨークで何にも学んでこなかったそうじゃないですか」
「みたいですね。やっぱりあんなミーハーを採用したのは間違いでしたかね……」
「でも、そろそろ彼女もどこかのグループに正式に配属しないとまずい時期なんですけどね……」

どのシニアスタッフの顔にも、自分のグループではミヤビを預かりたくないというのがありありと見えた。そうして、みんながミヤビの処遇に困っていた時に、彼女の採用の最後の一押しをした平井が言った。

「じゃあ、私のグループで一度預かりますよ」

ミーティングに出席していた他のシニアスタッフは、安堵の表情を浮かべた。というのは、投資銀行本部にはいろんなグループが存在するが、グループごとに毎年の売上予算が決められている。通常はスタッフ1人当たり1億円が目安になっており、それはスタッフがシニアスタッフであろうが、新卒のスタッフであろうが関係なく、単純に人数に1億円分を乗じた金額を稼ぐ必要があった。そんな状況なので、パフォーマンスの悪いミヤビを引き取りたいというグループが存在しないのは当然のことだった。

平井のグループは、化粧品、家庭用品、飲料など、おもに消費者が使うものを作っている企業をクライアントとしているグループで、シニア・バイス・プレジデントでグループヘッドを務める平井、アソシエイトの梶田、そして3年目のアナリスト1名の合計3人の小所帯グループだった。ただ、3年目のアナリストが1カ月後に退社することが決まっており、かねてからその後任となる人材を探すために中途採用を募集していた。

平井が梶田に対して、中途採用をやめて代わりにミヤビが後任になったと告げると、梶田は烈火のごとく怒り出した。

「ええ、マジですか?! ただでさえ忙しいのに、赤ん坊のオムツを替えている時間なんてないですよ！　中途採用でいいじゃないですか。3年目のアナリストの後任が1年目のアナリストだなんてありえませんよ。しかもミヤビはあの代では一番デキナイって言うじゃないですか?!」

梶田は相当食い下がったが、平井はまったく取り合わず、梶田は最終的にはあきらめざるを得なかった。一方で、そんな歓迎されざる存在のミヤビは、やっと自分の正式な所属グループが決まったということで大はしゃぎだった。梶田が席に戻ると、すぐにミヤビが挨拶にやってきた。

「梶田先輩！　今日からよろしくお願いいたします！」

「え？　今日からなの？」

「ええ、そう言われました。何かお手伝いできることありますか？」

「うーん、急に言われてもなぁ。いくつか進んでいる仕事があるから、本格的に何かをお願いするのはそれが終わってからじゃないかな。まあ、とりあえず俺たちの担当している業界のことを勉強しておいてもらえる？」

「ハイ、分かりました！」

「じゃ、これ、業界の資料ね。適当に目を通しておいてよ。来週になったら何か仕事をお願いするからさ」

3

ミヤビは、部内での自分に対する風当たりが強くなってきていることはさすがに感じており、梶田からも歓迎されていないことにもうすうす気づいていた。そこで、ミヤビは梶田にアピールするためにクライアント向けのプレゼンテーション資料を勝手に作ってみた。

「先輩！　先輩！　じゃじゃーん」

「ん？　どうしたの？」

「実は、この前資料をもらってから、メリー化粧品に向けての提案書を考えていて、サンプルを作ってみたんです！」

「ほ〜。なかなかやるじゃん」

「ちょっと見ていただけますか！」

「じゃあ、ランチタイムに目を通しておくよ」

「ハイ！　ありがとうございます。早速メリーちゃんにアポ取っておいてくださいね。私、この週末にミーティングに向けてお洋服買いに行きますので」

「まあ、プレゼン内容がよかった場合だよ。まだそう焦るなよ」

梶田は仕事が全然できないと聞いていたミヤビが、何も指示されなくても提案書を作ってきたことに対して大きく驚き、そして感心していた。

「ひょっとして、あいつ、なかなかやるんじゃないの？」

しかし、ランチタイムにミヤビの作ったプレゼン資料に目を通した梶田の胸中では、驚きと感心が失望に変わっていった。ミヤビの作ったものは「この化粧品が流行る」「こういうファッションにはこういうメイク」というものばかりで、提案書と言うにはあまりにお粗末だった。やはりミヤビは、まだいまひとつ投資銀行本部の業務内容が分かっていなかった。

梶田はミヤビを呼んだ。ミヤビは自分が褒めてもらえるのではないかと思い、喜びいさんでやってきた。

「提案書、どうでした?!」

「この提案書の目的は何？」

「ハイ、冬の新商品キャンペーンの提案をしたいんです！　今年の冬は黄色が流行るんですって！　でも、ファンデーションもカラーコスメもなかなか黄色って使いにくいじゃないですか？　なので、せめて新商品のキャンペーンでは黄色を推したいな、と思って！」

「分かった。じゃあ、その話はちょっと置いておいてだ……。企業の目的は何だ？」

「うーん。売上げを伸ばすことですよね？」

「惜しい！　でも違う。正解は、収益を上げて企業価値を上げること。簡単に言うと、株価を上げることだよ」

「はあ……」

ミヤビは梶田が何を言おうとしているのかまったく分からなかった。もちろんミヤビの頭の中では、キャンペーンと株価は全然つながらない。

「売上げが伸びても、それ以上に費用が増えるとどうなる？」

「えーっと、利益が減りますよね」

「そう、いくら売上げが増えても利益が減っては意味がない。だから企業は単に売上げを増やすだけではなく、より効率的に稼げる体質を目指すわけだ」

「なるほど」

「売上げを伸ばすことは、企業の本来の目的である株価を上げるためのひとつのプロセスにすぎないんだ。売上げを上げて、利益も増やし、そして株価を上げることが企業の本来の目的なんだよ」

「はあ……」

「そこで、今回のミヤビの提案書でメリー化粧品の株価は上がるか？」

「……」

ミヤビが黙ってしまったので、梶田は質問の方法を変えた。

「この提案で、このキャンペーンでメリー化粧品の収益性は上がるか？」

「そんなのやってみないと分かりませんよ〜。だって、キャンペーンですよ」

「そういうものは俺たちは提案しないの！　しかも、キャンペーンのご提案とかは宣伝部や広報部にするもんだよ」

「じゃあ、宣伝部か広報部に行きましょうよ！」

「いや、ミヤビ、ここは投資銀行だ。つまり証券会社なんだ。俺たちが扱うのは株や債券、そしてＭ＆Ａ。宣伝に関しては広告代理店のほうがよっぽどプロなんだから、そっちに任せておけばいいんだよ」

「ちぇ。じゃあ、どんな提案すればいいんですか?!」

「だから、さっきも言ったように、株価を上げるための提案をするんだよ。いいか？　俺たちのクライアントは経営企画部や財務戦略部の人たち。それに役員や社長さんね」

「でも……」

「彼らが考えていることはメリー化粧品の事業戦略だよ。どうすれば各事業部の業績が上がるか、どうやったら株価が上がるかという全体的な戦略なんだよ」

「そんなこと言われても、何を提案していいか分からないんです！　私、いっつもいっつも言われる仕事をこなすだけで、たまには自分でも何か提案してみたいんです！」

半分逆ギレをしているミヤビに腹を立てた梶田だったが、今まで他の人たちがミヤビをほぼ見捨てていたので、彼女が何もできないのは当然だとも思った。そして、このままずっとミヤビが使えない状態だと、すべての仕事を自分でやることになるので、おそらく睡眠時間をいくら削っても間に合わないことは目に見えていた。

「これは腹を据えてこいつをトレーニングするしかないな。で、いくら教えても本当にダメなら、別の誰かと入れ替えてもらうように平井さんにお願いしよう。もし、それも受け入れられない場合は……転職するしかないな」

梶田が半ばあきらめ気味に思った時、ミヤビが心配顔になって言った。

「先輩、どうしました？　ちょっと私言いすぎました……？」

「ん？　大丈夫だよ。まあ、まだ1年目だから知らないことだらけだよな。よし、じゃあ、実際にどんな提案を企業にするのかを教えておこう」

「待ってました！　ぜひぜひお願いします。私も何をすればいいかが分かれば、仕事もできるんですから！」

「ホントかよ……？」

「ホントですよ～！　だって、今まで誰もな～んにも教えてくれないんですよ。ひどいと思いません?!」

「まあ、投資銀行なんてどこもそんなもんだよ」

「そうなんですか？」

「うん、俺も入社当時は放ったらかされたけど、ひたすら先輩の仕事内容を見て、猿真似でなんとかしてきたしね」

「ふ～ん」

「じゃ、レクチャーを始めようか、おサルちゃん」

「ムカッ!!」


言葉とは裏腹に、当時のミヤビは、部内の大多数から総スカンを食らっていただけに、こういう何気ない梶田との会話も実は非常にうれしかった。

「おし、じゃあ、まずもっとも分かりやすいM&Aからやるか。ちょうどメリー化粧品にM&Aの提案書を持っていかないといけないいんだよ」

「お！　いいですね～。M&Aって響きがセクシーですものね」

「じゃあ、そもそもメリー化粧品はどんな会社を買うべきか、またはどんな事業を売るべきか、何か考えある？」

「さあ？　だって、まだ私、このグループに配属されて1週間ですよ。そんな突然、何を買って何を売るべきかなんて分からないですよ……」

「じゃあ、まずはそれを自分なりに調べてみなよ。企業も女性も同じだからさ。みんなもっともっとモテるために毎日がんばっているんだから」

「ハイ？」

「ミヤビさ。自分のルックスでのチャームポイントはどこだと思っているの？」

「うーんと、よく言われるのは唇ですね。プルプルしていていいね、って言われるんですよ」

「そう言われて、その後どうしたの？」

「じゃあ、もっとアピールしようと思って、グロスやリップにはすごく気を使うようになりました。最近はグロスも何種類か持っていて、日によって変えているんですよ。ちなみに今日はセクシーモード！」

　ミヤビが少し顔を近づけてきたので梶田は内心ちょっとドキッとしたが、悟られないようにサラリと続けた。

「じゃあ、あまり自信のないところは？」

「うーん、自分の中では背が低いことが悩みですね」

「別に背が低くても全然問題ないと思うけどね。でも、それが理由でミヤビの靴はいつもヒールが高いわけ？」

「そうですよ。まあ、会社に来てしまえばスリッパに履き替えていますけど……」

ミヤビは、梶田がいったい何を言いたいのか分からなかったが、梶田はお構いなしに続けた。

「つまりだ、企業もミヤビと同じで、自分の得意な事業分野にはドンドン投資を行って、もっともっと魅力的にしていくんだよ。ミヤビがリップやグロスに気を使うようにね。同時に、収益性の低い事業の改善に力を尽くすわけだ。ハイヒールを履くように」

「なるほど……」

「だから、メリー化粧品への提案を考える場合は、得意な事業をより伸ばすために他社を買収して事業拡大することを提案したり、あまり芳しくない事業は売却することを勧めたりするわけ。そのためにはまず、その企業がやってるいろんな事業のなかで、どれがいい事業で、どれが悪い事業かを見極める必要があるよな？」

「なるほど……。そうですね」

「ということで、ハイこれ」

そう言って梶田はミヤビにどっさりとメリー化粧品に関する資料を手渡した。

「うげー！　こんなに大量の資料をどうしろっていうんですか？」

「企業の有価証券報告書や四季報などを見て実際の姿を知り、収益状況を分析すれば、どの事業の状態がよくて、どの事業が悪いかが分かるでしょ？」

「うっ。なるほど」

「それらを見て、メリー化粧品にどんなM＆Aの提案を持っていくか考えるんだよ。セクシーな仕事、したいんでしょ？」

「こんな書類まみれの状態は全然セクシーじゃないですよ！」

「しかもスリッパだしな。アハハ。まあがんばってちょうだいな、おサルちゃん。何かアイデアが浮かんだらまた来なさい」

ミヤビは不服そうに自分の席に戻っていった。

第2章

パワーポイントとコンビニ弁当の日々

[M&Aの提案書]

1

夕方になってもミヤビから連絡がないので、梶田はミヤビの様子をうかがいに行った。すると、ミヤビはデスクで何やら一生懸命パソコンのモニターを覗き込んでいる。

「何やってんの?」

「わっ! 先輩!」

どうやらミヤビはペット関連のウェブサイトを夢中になって見ていたようだ。ミヤビのペット好きは社内では有名で、彼女は慌ててAltキーとTabキーを同時に押して画面を切り替えたが、切り替えた先の画面も動物だらけの賑やかな画面だった。

「お、そんなウェブサイトで遊んでいるってことは、ちょうどヒマしていたわけね。ってことは朝の宿題はもうできたんだな？」

「え？　あ、いや、ちょっとまだです……」

「はあ?!　もう半日も経ってんのに？」

「だって、全然分かりませんよ～。こんな大量の書類をペラペラめくってみたところで、アイデアなんて出てきませんよ」

「あっそ。じゃあ、クビだな」

そう言って梶田がミヤビの席を離れて自分の席に戻ろうとしていたので、ミヤビは慌てて梶田を追いかけてきた。

「わー！　先輩！　ちょっと待ってください!!　ヒント！　ヒントをください!!」

「ってか、ミヤビやる気ないだろ、全然」

「そんなことないです。まじめにやります！」

「ホントかよ？　でも、もう一度やったらマジでクビな。じゃ、ちょっとあのミーティングルームで打ち合わせようか。さっきの資料全部持ってきて」

何も言い返せないミヤビは、大量の資料と筆記用具を持って梶田の後ろについていった。

「今回はコスメアーサーというアメリカの化粧品会社を買収しましょう、っていう提案を持っていくんだよ」

「あ、そう言えばもらった資料のなかにあった事業計画書では、今後は特に海外市場の開拓に力を入れると書いてありましたよね」

「しかも、さっき渡した資料の半分はコスメアーサーの資料だっただろ？　そしたらすぐにどんなプレゼン資料を作るかぐらい分かると思ったんだけど」

「あ！　そういうことだったんですか。全然関係ない英語の資料が紛れ込んでいるのかと思って無視していましたよ」

「うー、そうだったか。ってことは半日経ってもコスメアーサーのことは何も理解できていないわけだな……」

「資料は読んでいませんけど、ネイルとかカラーコスメが得意な会社ですよね？」

「お、よく知ってるね」

「ええ、アメリカに住んでいた時に、よくテレビや雑誌で宣伝を見ましたから」

「ほお〜、初めて帰国子女っぽいところを見せてくれたじゃん」

ミヤビは梶田の機嫌が直り、少しホッとした。

「でも、どうしてコスメアーサーなんですか？　別に他のどんな企業を買収してもいいと思いますけど」

「もちろんそうだけど、コスメアーサーはメリー化粧品と親和性が高いんだよ。メリー化粧品はスキンケアに強いでしょ。で、ミヤビがさっき言ったとおりコスメアーサーはカラーやネイルが強いから、商品群はちょうど補完関係にあるしね」

「ふ〜ん」

「あと、メリー化粧品はアメリカではあまりプレゼンスが大きくないし、それに何と言ってもコスメアーサーの中南米でのプレゼンスが魅力的なんだよ」

「中南米？　ブラジルとかメキシコですか？」

「そうだね。コスメアーサーはアメリカでは中堅クラスだけど、中南米では結構大きなシェアを持っているんだよ」

「メリー化粧品は中南米に進出したいんですか？」

「まあ、中南米に限らず、今後成長しそうな海外市場には常に興味を持っているよ。アジアももちろん」

「ふ〜ん。じゃあ、先にアジアとかの企業を買収すればいいのに」

「そうなんだけど、買いたいと思っていても、売却される企業なんてなかなか出てこないしね。コスメアーサーはいつかは必ず売りに出てくるからさ」

「どうしてですか？」

「株主が投資ファンドなんだよ。前にコスメアーサーが経営危機に陥った時に、その会社の大量の株を買ったんだな。でも、投資ファンドは最終的には株を売却しないと利益は上がらないから、いつかは必ず売ってくる」

「へ〜、そういうもんなんですね」

「へ〜って、そんなことも知らないの？」

「知りませんよ〜。だって、私まだ1年生ですよ」

「うーん、そっか……」


梶田が黙り込んでしまったので、ミヤビは慌てて言った。先ほど梶田の口から出てきた「クビ」という言葉が、ミヤビに危機感を抱かせていたのだった。

「あ！　でもでも！　私、一生懸命勉強して、がんばって働きますから！　徹夜でも何でもします！　だから先輩も私なんかがグループに配属されて、さぞ迷惑だと思うのですが、ビシビシしごいてください」

梶田は、ミヤビに心中を見透かされて少し慌てながら言った。

「いやいや、全然迷惑なんかじゃないよ。1年目はみんなド素人で当然だからな。よし、やるか。もし案件になるとミヤビにとって初めてのM＆A案件だもんな」

「わーい、そうだそうだ。楽しみです！」

2

梶田は、紙を20枚ほど持ってきて、手書きでプレゼンテーションの構成を書いていった。

「ハイ、表紙はこれね。『コスメアーサー買収による企業価値向上策のご提案』。で、目次はこれでいこう」

梶田の書いた目次はこんな感じだった。

・はじめに：貴社事業計画と達成度合い

・市場の見方：貴社および同業他社の株価推移、株価分析
・企業価値向上策としてのＣＡ買収について
・ＣＡについて１：事業概要、収益状況について
・ＣＡについて２：市場の見方、株主構成について
・ＣＡについて３：買収価格とスキーム
・貴社株価シミュレーション：ＣＡ買収後の予想株価
・買収資金調達方法：株式市場、債券市場の動向
・弊社担当チームと実績
・手数料《フィー》について

「うわっ。なんだか結構な量がありますね～。これをやる代わりにランチご馳走してくれます？」

「は？　アホ！　こういうことをするのがミヤビのここでの仕事だろ？　それをしないでどうやって給料もらうつもりなんだよ？」

「ご、ごめんなさい……」

「まあ、ランチはもっとヒマなときだ。俺も手伝いながら資料をまとめていくからさ」

「はーい。あ～あ。またコンビニ弁当の日々だ……」

投資銀行本部では、しなくてはならない作業量が膨大なため、ランチもお弁当などを買ってきて自分のデスクで仕事をしながら済ませてしまうことが多い。

「じゃあ、やりますか。まず～、『はじめに：貴社事業計画と達成度合い』って、これは何ですか？」

「ああ、それは、今回のコスメアーサー買収が事業計画に合致しているということを書けばいいよ」

「なんだかまどろっこしいですね」

「うん。でも、こういうM＆Aの話は、最終的にはクライアントの担当者が社内の上層部に説明することになるわけだけど、その材料にもなるように以前からの計画との整合性をまとめておけば助かるだろうなと思ってね」

「ほほ～、さすがは先輩ですね。どうすればクライアントの人たちが喜ぶかを常に考えるんですよね。それと同じように、どうやったらかわいい後輩ちゃんが喜ぶかも、たまには考えてくださいよね」

「かわいくない後輩ちゃんなら目の前にいるけど」

「まったくもう。冗談が通じないんだから」

そのミヤビのセリフを無視して、梶田はミヤビが一人でも取り掛かれる内容を中心に、やるべきことの説明を進めていった。

「っと、まあこんなところだよ。なんとかやれそう……？」

「はい……。なんとかします。で、いつまでですか？」

「とりあえず今日と明日いっぱいでやれるところまでやってみなよ。そして明日の終わりの段階でできたところまで見せて」

「分かりました」

ミーティングルームから出て、それぞれ自分の席に戻ろうとしていた時、最後にミヤビが小声で梶田に聞いた。

「ところで先輩……。さっき、次に私がサボったときはクビにするって言っていましたけど、クビとかってホントによくあることなんですか？」

「ん？　ああ、そんなによくあることではないかな。一年に1回とか」

「うわっ！　一年に1回もあるんですね。じゃあ、今年はまだですか……」

「うん、まだだね。たぶん年末とか年明けぐらいにあると思うよ。今年は業界全体としてそれほど儲からなかった年だから」

「そ、そうなんですね……。がんばろうっと……」

「そうだね、通常はめったなことがない限り1年目はクビにはならないけど、ミヤビはまずいかもな。ニューヨーク研修もサボったわけだし」

そう言って梶田は笑っていたが、急にミヤビが静かになってしまったことに気づいた。よく見ると、ミヤビは目に涙を浮かべて今にも泣き出しそうになっている。

「おいおい、どうした？」

「先輩……。私、クビなんですか……？」

「いやいや、冗談だよ、冗談！　それぐらいに気合を入れてくれよっていう尻叩きだよ」

「でも、私、ニューヨーク研修後のテストでもビリケツだったし……」

「まあ、そんなに心配すんなよ。ってか、クビになることが決まっていたら、俺もこんなに一生懸命ミヤビにいろいろと教えないでしょ？　だからミヤビもがんばって、早く戦力になってよ」

「はい……。分かりました……」

ミヤビは梶田の言葉にかろうじて反応し、トボトボと自分の席に戻っていった。

3

翌日、夜遅い時間になってもミヤビは一度も梶田の席に顔を出さなかった。梶田は、ミヤビが何度か質問にやってくるだろうと予想していたので少し心配になっていた。

「もしかして、昨日のクビの話は、ちょっと冗談がきつかったかな……」

独り言を言いながら、梶田はミヤビの様子を見に行った。

「どう？　作業進んでる？」

「あ、先輩。すいません、時間がかかってまして……」

そう言って振り返ったミヤビの表情は明らかに疲れていた。顔色もよくない。目の下には前日まではなかったクマができていた。

「ミヤビ大丈夫？　なんだか疲れているみたいだけど」

「あ、いえ、全然大丈夫です。とりあえずコスメアーサーの会社概要や事業内容をまとめるところと、株価チャートを作るところまではなんとかできました」

「オッケー。それぐらいまで進んでいればなかなかいい感じだよ」

「じゃ、今までのできている部分をプリントアウトしますね」


そう言ってミヤビはプリンターまで資料を取りに行った。その間に、梶田はミヤビの隣の席の後輩に話しかけた。


「ミヤビの顔色よくないけど、あいつ体調悪いの？」

「いえ、多分昨日徹夜したからだと思いますよ」

「え！　徹夜?!」

「ええ。なんだか昨日から人が変わったようにバリバリ働いていますよ」

「あちゃー。ちょっと脅しすぎたか……」


梶田がそうぼやいた時にミヤビが戻ってきた。

「ハイ、こちらが資料です。いくつかまだ穴が開いているところがありますけど、材料は揃いましたのであとで埋めておきます。それが終わったら、先輩に次の作業について聞きに行こうと思っていたんです」

「オッケー。次はメリー化粧品に対する市場の見方をまとめたいなと思っているので、株式アナリストのレポートをまとめておいてくれない？　もちろん明日以降で構わないよ」

「分かりました」


株式アナリストとは、それぞれの会社の株価が今後どうなっていくのかを分析し、投資家に株を売るべきか買うべきかを推奨する人たちのことであり、いわば、各企業に関して非常に詳しい存在ということになる。


「レポートの入手方法は分かるよな」

「ハイ、オンラインで注文するやつですよね？」

「そう。値段が高いから間違って注文しないようにな」

「大丈夫ですよ～。ホント、先輩は私のこと全然信用してくれないんですから！」

冗談っぽく笑顔で言ったミヤビだったが、疲れから笑顔には力がなかった。そんな様子に梶田は若干不安になって言った。

「まあ、今日はもう1時近いし、そろそろ切り上げようぜ。一緒にタクシーで帰ろうか？」

「ありがとうございます。でも、もう少しでさっきの資料が終わるので、それだけやって帰ります。先輩、先に帰ってください」

「分かった。じゃあ、あまり遅くまでやるなよ。明日でもいいんだから」

そう言って梶田は先に会社を出て、タクシーで家に戻った。

「ふ〜。ミヤビのやつ、プレゼンテーションの日はまだ先なのに、初日からあんなに寝不足で疲れた顔をしていて大丈夫かな。でも、俺が1年目だったころも必死だったっけ」

梶田は現在入社5年目で、アソシエイトという役職に就いていた。これはミヤビの属するアナリストよりも1つ上の役職に当たる。

4

翌朝、梶田が会社に来るとすぐにミヤビがデスクにやってきた。

「おっはようございます！」

「あ、おはよう」

ミヤビは元気に挨拶してきたが、やはり昨日と同様、顔には疲れが表れていた。

「ハイ、先輩、アナリストレポートのまとめです」

「え?! もう全部読んでまとめたの？」

「ええ。どのアナリストさんもメリーちゃんの戦略はある程度評価しているみたいですけど、今後の事業規模拡大と競争激化による利益率の低下の可能性が懸念点、って書いてあるものが多かったです」

「ほうほう、ありがとう。海外の化粧品メーカーも虎視眈々と日本市場でのシェアを拡大しようとしていて、事業環境的には油断できないからね」

「そうすると、日本企業はどうしても海外でもっと成長しようと思いますよね。じゃ、やっぱり今回提案するM＆Aは有効ですよね。なんだかワクワクしてきちゃいました」
「お！　いいね～。じゃ、その調子でいってちょうだい」
「ハ～イ」

自分の席に戻るミヤビを見送りながら、梶田は昨夜頼んだ仕事がもうでき上がってきたことに大きく驚いていた。アナリストレポートを読みこなして、まとめる作業は最低でも数時間かかるので、おそらく昨夜梶田が会社を出てからも、ミヤビは相当遅くまで会社に残って作業をしていたと想像された。

「あいつ、相当根性があるんだな。おし、もっと本気であいつを成長させてやろう。でも、最初から走りすぎてあとで酸欠状態になってもよくないから、どこで走ってどこで力を抜くかもキチンと教えてやらないと……」

そして梶田は、午前中にミヤビの作った資料に目を通した。1年目の社員が作ったものなので、今まで一緒に働いていた3年目の社員に比べると当然クオリティは低いものだったが、網羅すべきところはある程度カバーされていて、資料の内容にも工夫が見られた。

仕事が一段落してふと時計を見るとちょうどランチタイムだったので、それまでの作業を慰労するためにミヤビをランチに誘うことにした。ミヤビのデスクに近づくと、何かの資料を読んでいるようだった。


「何を読んでんの？」

「わ！　先輩！」

「ハイ、これ作ってくれた資料の修正」

「うっわー、赤ペンだらけ。やっぱまだまだダメなんですね、私……」

「1年目はみんなそんなもんだよ。それより、ランチにでも行かない？」

「え?!　ホントですか？　先輩のおごり？」

「うん、いいよ」

「わーい！　やったー」


そう言ってミヤビは、先ほどまで目を通していた資料を閉じて立ち上がった。梶田がその資料の表紙に目をやると、別の会社に提案したM＆Aのプレゼンテーション資料であったことが分かった。おそらくミヤビはM＆Aの提案書をどのように作ればいいか勉強していたのだろう。梶田はそんなミヤビのがんばりに若干心が熱くなった。

ランチをしながらミヤビは梶田に聞いた。

「コスメアーサーを買収すると、当然、メリーちゃんの株価は上がるんですよね？」

「ん？　そんなのいくらで買収するかによるよ。高い値段で買うとメリー化粧品の株主は自分たちのお金を無駄遣いしたといって怒るからね」

「あ、そっかそっか。ついついM&Aをすれば株価は自動的に上がると思っていましたけど、そうじゃないですよね。すいません」

そう言ってミヤビはペロリと舌を出して見せたが、内心は自分が梶田に能力のない人間だと思われていやしないかビクビクしていた。一方の梶田は、ミヤビのそんな不安は知らずに、むしろミヤビが自分なりに一生懸命M&Aのことを理解し、内容のある提案書を作成しようと思っていることがひしひしと伝わってきていた。

「こうやってがんばってくれるんなら、こっちも真剣にいろいろと教えてやらないと」

そう思いながら梶田は、目の前でランチを食べているミヤビを見ていた。それは、あどけなさは残るものの、つい数日前までのミヤビとは別人のようだった。

第3章

初めてのクライアント訪問と香水瓶
[プレゼンテーション]

1

とうとうメリー化粧品に、コスメアーサー買収を提案するプレゼンテーションを行う日がやってきた。

「あと何冊?!」

「2冊です!」

「じゃあ、私がここにいて全部できたらプレゼン資料を持っていくから、あなたは出発する準備をしなさい! ノーメイクなんだし!」

「分かりました!」

ミヤビは秘書に追い出されるように、プレゼンテーションの製本ルームを出ていった。

投資銀行本部ではプレゼン資料を作ることが非常に頻繁にあるので、部署の中にグラフィックチームや製本チームがある。グラフィックチームは資料で使ういろんな図やグラフをパソコンでキレイに作成し、製本チームは印刷所顔負けの速さでドンドンとプレゼン資料を製本していく。

プレゼン当日はその一角は戦場のようになっていることが多く、ミヤビもその日の朝は、出社してから自分のデスクと製本チームの間を行ったり来たり走り回っていた。

「行くぞ。準備はできたか？」

「ハイ、プレゼン資料は製本チームのところにあるはずです」

「じゃ、ミヤビはプレゼン資料持ってきて。俺と平井さんは先にエレベーターを呼んでいるから」

「かしこまり！」

ミヤビは合計10冊のプレゼン資料を紙袋の中に詰め込んで、小走りで二人を追いかけてエレベーターホールに向かった。

「お待たせしました！」
「ミヤビ、そんなオシャレな靴を履いていくのか？」
「キャ‼」

その日のミヤビは、クライアント訪問用のキレイなヒールを履いてきたはずだったのに、製本チームと自分の席を行ったり来たりでバタバタしていたので途中でスリッパに履き替えたのだった。

「頼むぜ、俺たちがこんな直前までバタバタと資料の作成をしていたなんて、クライアントに悟られるとカッコ悪いだろ？　俺たちは仕事はもちろんのこと、デキるというイメージも売っているわけだから」
「はい、すいません……」

この日まで、梶田とミヤビは毎晩2時、3時まで作業をする日が続き、プレゼンテーション資料が完成したのは当日の明け方だった。二人は一度家に戻ってシャワーを浴びて、着替えてからまたオフィスに戻ってきた。そんな状況で、ミヤビの処理能力は限界に達していた。

メリー化粧品に向かうタクシーの中で、平井がミヤビに聞いてきた。

「ミヤビ、名刺持ってきたか？」

「ハイ、大丈夫です。名刺交換の練習もしましたし」

「じゃあ、大丈夫だな。1年目のやつらはよく名刺を忘れるからな。あれはカッコ悪いぞ。だよな、梶田？」

「あ〜！　先輩は名刺忘れたことあるんですね〜。だっさーい！」

「うるさいな〜。ミヤビもそのうちやるよ」

2

アナリスト1年目のミヤビが平井や梶田と一緒にクライアント先を訪問するのは、その日が初めてだった。メリー化粧品に到着し、ミーティングルームに案内されると、すぐに男性が3人入ってきた。そして、平井が切り出した。

「紹介させてください。先月からうちのグループの所属になりました下園雅です」

「は、はじめまして。マンハッタン証券の下園です。よろしくお願いいたします」

「はじめまして。メリー化粧品、財務戦略部の小林です」

無事に名刺交換を終えたミヤビだったが、世間話が終わるぐらいまでは緊張が全然取れなかった。学生時代から怖いもの知らずで生きてきたミヤビでも、さすがにビジネスミーティングとなると勝手が違った。

プレゼンテーションを始める時にメリー化粧品の財務戦略部長の小林が言った。

「しかし、コスメアーサーの買収とは、また意外なご提案ですね」
「そうですか？」
「ええ、他の証券会社や投資銀行からは提案を受けたことはないですよ」
「ありがとうございます。まあ、タイミングとしてはまだ先の話だとは思うのですが、今から動向をウォッチしておき、いざ買収というときのために準備をしておくのも悪くはないと思いまして」
「さすが平井さんですね。じゃあ、早速内容を教えてください」

そうして、平井と梶田がコスメアーサーの買収に関して、プレゼン資料を使いながら説明を開始した。ミヤビは、自分が一生懸命作ったプレゼン資料が役に立っているということが実感でき、非常にうれしかった。しかし、話の内容が買収金額や株価への影響のあたりになってくると理解もおぼつかず、また、ここ連日の睡眠不足の影響もあり、ミーティングの途中で少し寝てしまっていた。

平井と梶田の説明が終わると、メリー化粧品の財務戦略部長の小林が言った。

「なるほど。なかなか悪くはないですよね。アメリカでのプレゼンスもさることながら、中南米でのプレゼンスというのは確かに魅力的ですよね」

「はい、そう思います。以前からお伺いしている海外戦略では、まずはアジア地域を優先ということでしたが、なかなか売り物も出てきません。一方で海外でのM＆Aはドンドン進みますので、このコスメアーサーは選択肢としてはアリかと」

「ええ、確かに今後ありえない話ではないですね」

「また定期的に情報などお持ちしますし、買収金額のシミュレーションや株価に対するインパクトなどは随時アップデートして持ってきます」

「それは助かります。ただ、ご存じのとおり、うちの会社は動きが遅いですから、検討を始めて実際に動き出すまで相当時間がかかりますよ」

「ええ、待つことは得意ですから。ただ、もし実際に買収される際は、ぜひ買収側アドバイザーにご任命くださいね」

「アハハ、さすが平井さん。コスメアーサーの件は、マンハッタンさんから最初にご提案いただいたということは頭にキチンと入れておきますよ」

3

ミーティングから会社へ戻るタクシーの中で、ミヤビが梶田に聞いた。

「先輩。メリー化粧品が今回私たちの提案した買収をする場合は、いつぐらいにやるのですかね？」

「うーん。まあ、結構先のことだと思うよ」

「3カ月ぐらい先ですか？」

「いや、2年とか3年ぐらい先じゃない？」

「ええー?!　3年も?!　そしたら私、おばあちゃんになってしまいますよ〜。どうしてそんなに先なんですか？」

「まあ、そう簡単にはいかないよ」

「だって、さっき小林部長もいい提案だって言っていたじゃないですか？　だったらすぐにやりましょうよ」

「確かに、最近は日本企業もM＆Aに対して積極的になってきてはいるけれども、それでも実際に取締役の間で合意をして動き出すまでには結構時間がかかるからね」

「そんなぁ……」

「まあ、大体の場合は、売却側が売却をすると言い出してから慌てて動くケースが多いよ。特に日本企業の場合は」

「じゃあ、コスメアーサーが売りに出るのを待たないといけないんですか？」

「まあ、そうだね。もちろんその前に、メリー化粧品からコスメアーサーに買収のアプローチをかけることも、今後提案していくけどね」

「なーんだ、残念。じゃあ、徹夜までして資料を作る必要もなかったですね……」

「いやいや、今日の資料はよかったよ。小林部長も感謝していたじゃん」

　梶田は、ミヤビのモティベーションが下がらないようにフォローした。しかし、すぐに平井が続けた。

「でもミヤビはミーティング中ずっと夢の中だったたから、先方がどんな反応をしたのかは知らないよな？」

「キャ！　バレていましたか……」

「バレバレだよ。もう少しうまく居眠りしてくれないと。梶田はもっとうまかったぞ。多分メリー化粧品の人たちも気づいたんじゃないか？」

「だって、途中は話の内容が難しくてついていけなかったんですもん……。買収金額や株価への影響のあたりになってくるとチンプンカンプンで……」


そう言ってうつむいてしまったミヤビに、また梶田がフォローを入れた。


「そっかそっか。その辺は俺のほうで資料をダーッと作ってしまったから、ミヤビに説明をするのを忘れていたもんな。じゃあ、次回以降、同じようなプレゼン資料を作るときにはミヤビにも手伝ってもらうよ。なんだったら、オフィスに戻ってからその辺のおさらいをしようか？」

「ぜひ！　と言いたいところですが、今日は寝不足でもう頭がパンクしそうなので、明日以降でお願いします」


そんなやり取りを聞いて、平井が言った。

「まあ、いい。とにかく、今日は二人とも徹夜明けで疲れているだろうから、午後はもう帰っていいぞ」

「わーい！　やったー！　じゃあ、お買い物に行こうっと」

「おいおい、買い物に行く元気があるんなら、仕事してもらうぞ」

「あ、すいません、ウソです。ヘトヘトで倒れそうなので、帰って寝ます！」

4

オフィスに戻って帰り支度を整えたミヤビは、梶田の席に寄った。

「先輩。ホントに帰ってもいいんですか？　これでクビになったりしません？」

「アハハ、大丈夫だよ。平井さんはこういう気配りができる人なんだよ。俺も帰るから途中まで一緒にタクシーで帰ろう」

「キャ！　先輩と一緒に早退して、しかも同じタクシーで帰宅なんて。なんだかうれし恥ずかし朝帰り、みたいですね」

「は?!　ホントに能天気だよなあ。うらやましいよ」

「先輩がまじめすぎるんですよ」

「まあ、なんでもいいけど。そう言えば、ちょっと腹減らない？　ランチだけ食って帰ろうぜ」

「あ、じゃあ、せっかくなので、表参道のオシャレなカフェでランチしましょうよ」

二人は荷物をまとめて、タクシーで表参道のカフェに向かった。

「あ！　先輩！　シャンパンがありますよ。食前酒にこれをいただきません？　グラスで」

「食前酒って、まだランチだし、それに仕事中だぞ」

「だって、私たちはもう今日のお仕事終わったんですよ。徹夜続きのご褒美ってことで堂々と早退したわけですから。ね！　シャンパンいきましょ！　私がおごりますよ！」

「あ〜、こいつをランチに誘った俺がバカだったなあ。でも、ま、いいか。あとは帰るだけだしな」

オーダーを済ませると、ミヤビが自分の手首を梶田の鼻の前に持ってきて言った。

「先輩、この香水どうですか？　クライアントとのミーティングってことで、先週買った香水を初めてつけてみたんですよ」

「何の匂いもしないけど」

「ええ～?!　先輩、嗅覚がおかしいんじゃないですか？　じゃあ、こっちの匂いでチェックしてください」


ミヤビは小さな香水瓶を取り出して、ふたを開けて梶田に匂いを嗅がせた。


「ふーん、まあ、いいんじゃない？」

「って、そんな反応だけですか？　もっと他のリアクションはないんですか？　まったく乙女心ってものを全然理解していませんね……」

「はい？」

「ま、いいや。これ、５ml単位で量り売りをしてくれるんですよ。香水ってひとつ買うと1年ぐらい持っちゃうので、なかなかいろんなものを試すことができないですけど、こうやって量り売りにしてくれると助かりますよね」

「お。それは便利だね」

「なんです。だから、まずは一番小さい単位の５ml分だけ買って、みんなの反応を確認してから追加で買うかどうか決めようと思っているんです。でも、先輩みたいな反応だと全然役に立たないですよ」

ミヤビががっかりしたことにはまったく気づかずに、梶田は、これはいい例にぶつかったと思った。

「あ、それさあ、明日、早速会社で実践に生かそうか？　次にメリー化粧品に持っていく提案に役立ちそうだ」

「ええ～!?　せっかく先輩とのランチなのにまた仕事の話ですか？　ホント、先輩って働き虫……。でも、この香水で何を提案するんですか？」

「株式分割の提案だよ。あの会社、個人投資家が少ないから、株式分割をして個人投資家を増やすんだよ。メリー化粧品の株価、今いくらだ？」

「株式分割……？　今の株価…？　さあ……」

「さあ、ってミヤビ、担当のクライアントの株価ぐらい毎日チェックしておけよ」

梶田は、自分が入社1～2年目だったころに先輩社員に口を酸っぱくして言われていたことを、今、ミヤビに言っているのだった。そして続けた。

「あの会社、昨日の終値だと120万円ちょうど。100万円以上する株なんて、なかなか個人では手出しができないだろ？　だから、その株式を分割して、株価を下げて、個人でも買いやすくするんだよ」

「はあ……。分かったような分からないような、なんですけど」

「その香水、通常はどれぐらいの分量をいくらで売っているんだ？」

「30mlを6000円で売っていますね。で、私は今回5mlだけを1000円で買えちゃいました」

「そうだよな。30分の5は6分の1だから、1000円になるよな」

「はい。さすがに6000円だとためらいますけど、1000円だとお手軽に買えますからね」

「そう、株も一緒だよ。120万円だと買いにくいけど、たとえば5分の1の24万円だともっと買いやすいだろ？」

　株式分割とは何なのかをミヤビに説明するのに、ミヤビの香水の量り売りはちょうどいいたとえ話になった。

「なるほど、そういうことを提案しに行くのですか」

「そう。つまり、株式分割の提案。その香水の話と一緒だよ。たとえば、今の株券1枚を2等分すれば、株数は倍になって、その代わりに株価は120万円のものが半分の60万円になる。3等分なら40万円。4等分なら30万円、5等分なら24万円」

「あ、なるほど、そういうことですか。それはちょー簡単ですね〜。でも、先輩。なぜ株主が多いほうがいいんですか？」

「そのほうが株価が適正になっていくんだよ。たとえば築地の市場とかを想像してほしいんだけど、毎朝『競り』をやっているよな？」

「ああ〜、あの小学校の社会科見学とかで見たやつですよね」

「そう。そこで、ミヤビが野菜を売るとするでしょ？　どれぐらいの人に「競り」に来てほしい？」

「そりゃ、たくさんですよ。1人だと、その人がこっちの希望する価格を言ってくれないとそもそも売れませんからね」

「だよな。たくさんの人が来てくれて、1000円、1100円と値段がついていって、売り手も買い手もみんなが納得するような価格がつくのが理想だよな。株価も同じだよ。株主が多いと適正な株価がつくわけだ」

「ふんふん」

ミヤビは順調に理解を進めていた。

「それとさ、株主数が増えると、株が売買される頻度も上がるわけだ。たとえば香水であれば、30 mlで1回販売するのは5 mlで6回販売するのと同じだろ？　株も同じように分割されるとそれだけ売買回数が増える」

「売買回数が増えるとどうしていいのですか？」

「そうすると買いやすくなるんだよ。香水の場合は買ったらあとは使うだけだけど、株の場合は買ったらいつかまた売るだろ？　売るときに売りにくいものは買わないよね？」

「そうですね。売れないリスクは抱えたくないですよね」

「そう。だから、株価が低いと買える人たちが増える。そうすると、売りたいときにいつでも売れる。だから、買ってもいいという発想になる」

「なるほど～」

「で、そうやって売買の回数が増えると、また株価が適正になっていくってわけ」

「あ、先輩、食事が来ましたよ。お仕事の話はおしまいにして、ランチを楽しみましょ。いつでもどこでも仕事の話ばかりするのは、先輩のよくないところですよ～」

そう言ってミヤビはシャンパンを口に運んだ。いつの間にかほぼ飲み終わっており、食事を運んできたウェイターにお代わりを注文し、その後もミヤビは勢いよく飲んでいった。梶田はミヤビと一緒に飲みに行ったことはなかったが、ミヤビの飲みっぷりからは、てっきりアルコールに強いものだと思い込んでいた。しかし、ランチが終わって店を出ると、ミヤビは完全に酔いが回っている様子だった。


「おいおい、なんだかフラフラしているけど、大丈夫か?」

「うーんと。たぶん。先輩! もう1軒行きましょう!」

「いやいや、今日はもうおしまいだ。寝不足なんだし体を休めろ」

「えー!? 先輩のケチー!」


昼間の表参道を、酔っ払った女の子と一緒に歩くのはさすがに恥ずかしかったので、梶田はとにかくタクシーでミヤビを送っていくことにした。そして、タクシーに乗った途端、ミヤビはぐったりとした。


「先輩……。私、この業界でやっていけるんでしょうか?」

「おっと、突然どうしたんだよ。さっきまでの勢いはどこに行ったんだ?」

「だって、私明らかに落ちこぼれだし。でも、落ちこぼれたくて落ちこぼれたわけではないんですよ。なぜか気がついたらみんなから冷たくされちゃって」

「大丈夫だよ。今日のプレゼンテーションもよくできてたじゃん。メリー化粧品の小林部長も喜んでいたしな」

「でも、ほとんどは先輩が作ってくれたじゃないですか。私がやったことって簡単な図表作成とか、それぐらいですよ」

「まあ、最初は仕方がないよ。ほら、だから、また明日からがんばればいいじゃん。宿題も香水のおかげで簡単にできそうだし」

「はい……」


そう答えるミヤビの言葉には力がなかった。そしてまた虚ろに会話を始めた。


「私、入ってくる業界間違えたのかなあ。大学のお友達とかは、社会人生活楽しそうなんです。私だけなんだか惨めな感じで……。しかもお友達はみんな、会社で知り合った同期とか先輩とかと付き合ったりしていて……」

「まあ確かにうちの業界では、社内恋愛ってのはほとんどないからね。社内は仕事の場、プライベートは完全分離って感じだもんな」

「あ〜あ。どうしよう。私、このままだとずっと彼氏できませんよ……」

「友達とかに紹介してもらえばいいじゃん」

「紹介してもらおうにも、平日は毎日毎日夜中まで働いているし、週末も仕事だし。お休みの日に突然呼び出されたりするし、無理ですよ。は〜あ」

「まあ、あと半年ぐらいがんばってみなよ。そうすると仕事にも慣れてきて、プライベートを楽しむ余裕も出てくるからさ」

「ふーん、そんなもんですかね？　先輩は彼女とかいるんですか？」

「俺はいないよ。学生時代から付き合っていた彼女に1年ぐらい前に愛想をつかされて、それ以来はダメだね」

「ですよね〜。先輩は仕事虫ですものね。あはは、先輩もダサイんですね」

「うるさいよ。あえて彼女はつくっていないだけだよ」

「ってか、私より先に先輩が誰かと付き合うと許しませんからね！　そしたら私ホントにもう会社辞めちゃうんだから……」


そこまで言うとミヤビは眠ってしまった。そんなミヤビの寝顔を見ながら、梶田はなんとかミヤビを一人前に成長させてやりたい、と思った。一方で、自分がミヤビから仕事虫と呼ばれ、彼女がいなくても当然と言われたことに少しショックを受けていた。

第４章

外資の現場は、やるかやられるかの世界！

［投資銀行の各部門］

1

平井、梶田、ミヤビの三人は、メリー化粧品を訪問していた。先週作成した、株式分割の提案をしに来ていたのだった。ミーティングが終わるころ、メリー化粧品の財務戦略部長の小林がおもむろに平井に言った。

「まったく話は変わるのですが……」

「ハイ、どうぞ」

「ちょっと言いにくいんですが、マンハッタンさん、最近うちの会社の株、売りまくっていませんか……」

「うちが売りまくっている？　そうですか……。どこからの情報ですか？」

「いや、まあ、市場での噂ですよ。もちろん証券会社は株を売ったり買ったりして儲けるわけですから、うちらが文句を言える立場にないことは十分に分かっていますので、特に平井さんたちを責めるわけではないのですが……」

「なるほど……。ちょっと内部で聞いてはみますが……」


平井は必要最低限の言葉で小林とやり取りをしていた。梶田は今までも同じような場面に何度か遭遇したことがあった。証券会社がどこの会社の株式を売買しているかは対外的には公表されるものではなく、また、いくらクライアントでも株式の売買状況を教えるわけにはいかない。したがって、平井が内部で聞いてみると言っているのはあくまでポーズであり、後日何らかの形でごまかしながら返答せざるを得ないのだった。


小林が続けた。

「もちろん、もしかすると根も葉もない情報かもしれませんが、ちょっと厄介なのは、社長がどこかから聞いてきた情報でして。で、私たちに本当かどうか確かめろ、と言ってきたんですね」

「はい」

「最近マンハッタンさんにはいろいろとお世話になっていますので、社内でも評判がいいのですが、できれば無駄なノイズは消しておきたいと思いましてね……」

「そうですか、分かりました……」

「もちろん私はやんわりと否定してはおきましたが」

2

帰りのタクシーの中で平井が梶田に言った。

「梶田、さっきのうちの売りの件、マーケットサイドに一応確認しておいてくれ」

「分かりました。うちの部署の仕事的には困るということを、マーケットサイドに軽く匂わせておきますよ」

「うん」

その後、二人とも黙っていた。ミヤビも、なんとなく重い二人の雰囲気につられて話しづらかったが、クライアントとのミーティングへの行き帰りのタクシーの中の時間が、ミヤビにとっては平井や梶田とコミュニケーションを取る貴重な時間だったので、思い切って聞いてみた。

「あの。どうしてうちの会社はメリーちゃんの株を売っているのですか？」

「まあ、まだうちが売っていると決まったわけじゃないけど、そりゃ、株価が下がるって思っているからだよ」

梶田が答えた。

「でも、株をバンバン売っちゃって株価が下がると、うちの証券会社はメリーちゃんに嫌われてしまいますよね？　嫌われると今後の商売に悪影響が出るので、よろしくないと思うのですが……」

「うん、俺たち投資銀行本部の人間にとってはよろしくない。ただ、セールス部門やトレーディング部門にとっては関係ないからさ」

「どうしてですか？」

「彼らにとってメリー化粧品は、クライアントではなく商売道具だからな」

「商売道具……」

そこまで梶田とミヤビのやり取りを聞いていた平井が、丁寧に説明をしてくれた。

「ミヤビ、証券会社は、おもに3つの部門で稼いでいる。ひとつは、ミヤビや梶田が属する投資銀行本部。ここではどんなサービスを提供しているんだっけ？」

「企業に対してのM&Aアドバイザリーや資金調達のお手伝いをする業務ですよね」

「そのとおり。で、手数料《フィー》は誰からもらう？」

「企業さんですよね」

「そう。企業さんだ。ただ、ひとつ覚えておかなくてはいけないのは、マンハッタン証券会社の中で企業側からフィーを頂戴するのは俺たち投資銀行本部だけだということだ」

「そうでしたっけ……？」

「うん、これは他のどこの証券会社も一緒だ」

マンハッタン証券会社は、オフィスビルの6つのフロアを借りており、投資銀行本部とセールス部門やトレーディング部門があるマーケットサイドは階が異なる。それぞれの階の入り口にはセキュリティロックがかかっており、同じ会社の中でも他の部署のフロアに入ることはできない状態だ。これは、投資銀行本部では、クライアント企業に関するさまざまな秘密情報を扱っており、もしそれらをマーケットサイドの人間が知ることとなるとインサイダー取引などができてしまうので、社内でも厳しく壁が存在する。

「一方で、セールス部門は投資家から株の売買注文を獲得してきて、売買時に手数料を頂戴するビジネスモデルだよな。フィーは誰が支払う？」

「投資家さんですね」

「そう。だから、セールス部門にとっては、常に投資家に有益な情報を提供することが最重要なんだよ」

「なるほど～」

「だから、ある会社の株価が下がると思えば、投資家に対して売ったほうがいいですよとアドバイスする」

「あ、そっかそっか。だからもしセールス部門がメリー化粧品の株価が下がると思えば、そのように投資家に言うわけですね」

「そのとおり」

「うーん。そうなると、うちの部署とは利益相反の関係になりますね」

ミヤビがマンハッタン証券に入社した時には同期が15人ほどいて、5人が投資銀行本部に、残りの同期はセールス部門やトレーディング部門に配属された。今までは、同期として仲よく飲んだりすることはあったが、まさか利益相反の関係にあったとは想像もしなかった。もちろん考えてみれば当然のことだが、どうしても自分のやっている業務が会社の業務の一番重要な業務、かつ、それが唯一絶対の業務に思えてしまうのだった。

平井が続けた。

「あと、もうひとつ証券会社で重要な部門はトレーディング部門だよな。彼らは、証券会社が持っているお金で株の売買を行い、利益を稼ぐ部門だ。いわゆる自己勘定投資と呼ばれ、クライアントからフィーを頂戴するビジネスモデルではない。自分たちで株を売買して稼ぐわけだ」

「ハイ」

「つまり、彼らにはクライアントが存在しないわけだ」

「そうなりますね。つまり、私たちは彼らとも利益相反が起こってしまう可能性があるわけですね。私たち証券会社はひとつの会社でありながら、部署によってクライアントが異なって、稼ぐ手法も異なるんですね」

「そのとおり」

証券会社、特に外資系証券会社の場合は部署ごとの採算性が厳しくチェックされ、予算に達しない場合は人員削減にも繋がりかねない。したがって、投資銀行本部の利益を優先して、セールス部門やトレーディング部門が株を売らない、ということはない。そういう構図なので、平井は今回のメリー化粧品の件も、なす術がないことは最初から分かっている。

「なるほどなるほど。よーく勉強になりました。ありがとうございます！」

ミヤビはひとつ賢くなった気がしてゴキゲンになっていた。一方、梶田は先ほどから沈黙を保っており、若干沈みがちな雰囲気だった。そんな梶田に平井が言った。

「おい、梶田。そんなに考えるな、よくあることだよ。それよりも、我々の日ごろのサービスの真価が問われるいい機会だよ」

「ハイ……。でも、せっかく僕たちがいいサービスを提供しても、他の部署の行動によってそれが評価されなくなるのは耐えられないんですよ……」

「まあ、仕方ないよ。どこの証券会社も抱える問題だから、うちだけが不当に不利なわけではないしな。みんな平等な立場で戦っているんだよ」

「ハイ、分かりました」

3

オフィスに戻った梶田は、株式資本市場部に電話をした。この部署は、株式発行や株式売出しなど、株式による資金調達案件をおもに担当するチームであり、企業側の資金調達ニーズと株式市場の相場観の両方をウォッチしている。いわば、投資銀行本部とマーケットサイドとの中間に位置する部署で、両方の部署のコミュニケーションの橋渡しになることも多い。

「うちがメリー化粧品の株式をじゃんじゃん売っているらしいと、メリー化粧品からクレームが来たんだよ。ちょっとマーケットサイドに聞いてみてくれない？　できればやんわりと、派手に売らないでほしいって言ってもらえると助かるんだけど」

「うっわー。面倒そうな話だね〜。最近は市場の地合いが悪いから、マーケットサイドの人たちはみんなピリピリしてるんだよね……」

梶田の電話を受けたのは、同期の木村だった。

「まあ、売るなっていうのは難しいかもしれないけど、そもそも売却しているのかどうか一応聞いてみてよ。今、うちにとっては重要なクライアントなんだよ」
「分かった。ちょっとやってみるよ」

木村は梶田との電話を切ったあと、株式トレーディングフロアに行き、仲のいい株式のトレーダーに少し話をしてみた。

「メリー化粧品の株、結構売っているらしいね」
「ん？　誰にそんなこと聞いたの？　まあ、そうだね。派手にやってますよ」
「うん、ちょっとIBDから連絡があってさ。ちょっと抑えてほしいって」
「またIBDのやつらからのクレームかよ。あいつら、ろくに稼ぎもしないくせに、いちいちウルサイんだよ。会社に膨大な利益をもたらしてから偉そうな口を叩けよな」

IBDとはInvestment Banking Divisionの略で、「投資銀行本部」を英語で略した名称であり、社内外でよく使われる用語である。

「でも、なんだか最近は重要なクライアントらしいんだよ」

「重要って言っても、成立するかどうか分からないようなM&Aとか、ちっちゃい新株発行案件とかそんなんでしょ？　ホントに何か案件になっている場合は、売買制限リストとしてこちらにもあがってくるわけだから、そしたらもちろん売買には注意を払うけどさ」

「うーん、そうなんだけど……」

「つまりそれまでは、俺たちのやりたい放題ってわけ。悪いけど。ハイハイ、忙しいんだから、帰った帰った」


そう言うと、トレーダーは忙しそうに受話器を取ってどこかに電話をかけはじめた。木村は、仕方なく席に戻って梶田に連絡をした。


「どうだった？」

「うーん、結構派手にやっちゃっているみたい」

「マジで……」

「うん。でも、ちょっとは抑えてくれるんじゃないかな……。それに、もう売り終わっているかもしれないし」

「うーん、そっかー。まあ、確かに派手にやったあとであれば、もう終わったかもね」

「まだ売買制限リストに載せるほどにはなっていないんだよね」

「うん、具体的な案件になっているわけじゃないから、制限リストに載せる条件は満たしていないんだよ」

「じゃあ、仕方ないなあ」

「うーん……。ま、でも、毎度ありがとう」

「そうだぜ。最近はいっつもこんなお願い事ばかりなんだから、たまには株式発行の案件でも取ってきてよ」

「ハイハイ、分かりました」


梶田は木村に感謝しながら電話を切った。梶田が直接トレーダーに問い合わせても、まともな返事はもらえない。投資銀行本部とトレーダーとは、そもそも相容れない部分がある。したがって、こういう問い合わせ系のものは、株式資本市場部に任せるしかないのだった。


梶田は、木村から聞いた内容を平井に報告した。

「分かった。ご苦労さん」

「しかし、やりきれないですね」

「まあまあ、もう言うなって。それよりさっきまた小林さんから電話があって、メリー化粧品のＩＲ戦略に関して少しアドバイスが欲しいってさ」

「そうですか」

「うん、俺たちに名誉挽回のきっかけを与えてくれたんだろ」

「なるほど、そういうことですね」

4

梶田はミヤビの席に寄り、メリー化粧品に向けての新たなプレゼンテーションの内容に関して打ち合わせすることにした。

「で、ＩＲって知ってるっけ？」

「たぶん……」

「ちゃんと分かってないだろ。ＩＲは、Investor Relationsの略で、投資家対応とでも訳すのかな。企業にはＩＲ部ってのがあって、企業側で投資家からの問い合わせ窓口的な役割を担っている人たちなんだよ」

「へ～、企業さんにもいろんな人たちがいるんですね」

ＩＲ部門は投資家に自社戦略を説明して回り、また、投資家からのフィードバックを経営陣に報告する立場にいる。したがって外部視点で自社経営を理解できる貴重な機会を持っている部門でもあるので、欧米ではＩＲ部門で働くことはエリートコースのひとつでもあるとされている。しかし、日本ではまだＩＲそのものが新しい概念なので、あまり評価されていない会社も多く、また、少人数で行っていることも多い。

「それで、ＩＲ戦略を提案するために、まずは株主分析をしてほしいんだよ。結論から言うと、メリー化粧品の株主は海外の機関投資家の比率が低い」

「はい……」

「でも、そんなの有価証券報告書にも載っているから、今回はもう少し詳細な調査をしてみたいんだ」

「と言うと……？」

「世界中の機関投資家がいったいどれぐらいのメリー化粧品株を持っているのか、また、最近売買を行った投資家はどの投資家かをリストとして一覧で見たいんだよね」

「……基本的なことですみません。機関投資家って、具体的には誰なんですか？」

「ああ、経営陣やオーナーなどの安定株主や個人株主以外の株主。株式投資をすることを職業としていて、多額の資金を運用している投資家と言えば分かるかな。具体的には、投資信託、投資顧問、それに生保、年金基金、証券会社などがおもな機関投資家だな」

「なるほど。でもどうやったらそのデータを入手できるんですか？」

「企業の株主が誰かってのを調査している専門機関が存在するんだよ。そこのデータで簡単に分かる」

「へ〜、いろんな調査機関があるんですね」

「そう。メリー化粧品だけじゃなくて、競合企業の状況も調べてね」

「ハ〜イ」

5

数時間後、ミヤビは戻ってきた。

「ハイ、先輩、できましたよ。メリーちゃんの株主分布図」

ミヤビが持ってきた資料は、世界中の機関投資家がメリー化粧品の株を何株、どのぐらいの割合持っているかがまとめられたものだった。細かな文字で埋められた表やグラフが10ページ以上続いていた。

「円グラフは？」

「あ、７ページ以降にあります」

円グラフには、機関投資家をアメリカ、欧州、日本、その他地域に区分けし、どの地域の株主が多く存在しているかが表されていた。同じような円グラフが他の化粧品会社に関してもあり、比較が簡単にできた。

「半年前にメリー化粧品の人たちが海外の機関投資家を訪問したんだよ。だから、その前後でどれぐらい海外投資家の持ち分割合が増えたかを見せてあげたいと思ってね」

「へー、企業って海外の投資家を直接訪問したりするんですか」

「メリー化粧品は、何年か前から始めてて、それから徐々に海外投資家比率も上がってきているんだけど、まだまだ低いね」

「海外までわざわざ行って投資家に会うって、そんなに重要なんですか？」

「やっぱり直接訪問して自社の戦略を説明すると、資料だけ渡すよりも圧倒的に理解度は高いんだよ。質疑応答も可能だしね」

「確かにそうですよね。いくらメールや電話でコミュニケーションを取っていても、実際に会うのとは大違いですもんね。なんだか男女関係に似ていますね」

「うん。それに、メリー化粧品ではなくて他の企業の株を持っている投資家に関しては、どうしてメリーの株ではなくて他の化粧品会社の株を持っているのかも、なんとなくヒアリングできるしな」

「なるほど！　そうすると、その原因を解消すれば、メリー化粧品の株を買う海外投資家がもっと増えるかもしれないってことですね」

「そう。でも、海外投資家訪問だけでは、なかなか割合は増えないから、いつか株式売出しや新株発行をするときには海外投資家に厚めに売りましょうね、というトークをしておくのがミソだよ」

「それは、海外投資家に株を販売するなら外資系証券のほうがいいですよ、ってことですよね？　つまり、マンハッタン証券の活躍のチャンス到来に向けての種まきなんですね！うわー、楽しみ！」

「そのとおり。海外投資家訪問のお手伝いなんて、それだけでは全然儲からないわけだからね。最終的には、キチンと案件を頂戴することでフィーを回収しないとね」

ミヤビは一通り理解したつもりでニコニコしていたが、急に何か思い出したように梶田に質問をした。

「ところで先輩、個人投資家や海外投資家に満遍なく株を持ってもらうことが、どうしてそんなに重要なのですか？」

「お。それはいい質問だね。やはり、投資家によって行動パターンが異なるんだよ。たとえば日本株に対して海外投資家が強気な見方をするときでも、国内の投資家は弱気な見方をしたりね」

「ってことは、いろんな種類の投資家の人たちに株を持ってもらっているほうが、株価が安定するってことですか？」

「うん、はっきりと目に見えるほどの効果は実感できないかもしれないけど、分散して持ってもらうに越したことはないよね」

「つまり、満遍なくモテようってことですか」

「そ。企業は投資家にモテることを目指すわけだけど、個人株主、機関投資家の両方にモテたほうがいいし、国内投資家、海外投資家の両方にモテたほうがいいわけよ」

「なるほどですね〜。それでこのグラフを作って、株主の偏在具合をチェックするわけですね」

「そう。ということで、ミーティングは来週だからよろしくね」

「ハーイ。じゃ、今週末はミーティング用のお洋服買いに行こうかな」

「ハイハイ、ご自由に」

「わーい、やったー」

３カ月後、メリー化粧品は株式分割を実施した。その結果、日々の取引量である出来高は向上し、個人投資家も増えた。そして、株価は堅調に推移した。ミヤビは、株主構成の調整のような仕事は一見地味だが、企業の財務戦略にとって重要であることを、あらためて実感することになった。

第5章

ミヤビ、短かった外資人生!?

［リストラ］

1

ミヤビが入社して1年ほど経った5月のある日、出社すると部署内の雰囲気が騒然としていた。

「どうしたんだろう……」と思いながら席に着くと、近くに座っている同期の島田がミヤビの席にやってきた。

「ミヤビ、朝飯でも一緒に買いに行かない？」

朝食は済ませてきたので特に何も買う必要はなかったが、部署内の騒然とした雰囲気や珍しく出社早々島田が声をかけてきたこともあり、ミヤビは島田についてコンビニに向かった。二人でエレベーターに乗ると、島田が声を潜めて言った。

「聞いた?」

「え?　何を?」

「これの噂」

　そう言って島田は、自分の首を右手ではねる仕草をした。

「え?!」

「うちのニューヨークオフィスで昨日大々的な首切りがあったんだってさ。次はロンドン、その次は東京だって噂だよ」

「ほ、ほんと……」

「うん、ウォールストリートジャーナルやファイナンシャルタイムズには、どの証券会社でどれぐらいの首切りが行われているかっていうニュースがここ1週間ぐらい載っていたでしょ?　他人事と思っていたけど、やっぱりうちも例外じゃなかったってことらしいね」

「そんなこと全然知らなかった……」

「え?　知らなかったの?　記事がメールで飛び交っていたよ。だから、ある程度予想していたことなんだけど、やっぱりいざ自分の会社で起こると結構ビビるよね……」
「その記事、送ってもらってもいいかな？」

コンビニから戻ると、ミヤビは島田から送ってもらった記事を読んだ。それによると同業他社のグレートアメリカン証券やマッケンジー証券のアメリカやヨーロッパのオフィスで、全社員の10％弱がクビになったということだった。そして、他の証券会社でも同様のことが起こるだろう、と書かれていた。

「そ、そうなんだ……」

ミヤビは自分の洋服の下を嫌な汗が流れるのを感じた。確かに業界全体としてあまり業績がよくないということは聞いていた。それに、従業員がカットされる業界だということも分かって入社している。しかし、いざ現実のものとなって目の前に迫ってくると、心配がつのってくる。

前に梶田にクビの話を聞いた時は、1年目の社員が対象になることはほとんどないと言っていた。しかし、ちょうど1年目が終わり、2年目を迎えたばかりのミヤビは、もしかすると自分も対象となる層に含まれるかもしれない、と不安な気持ちで思っていた。

ミヤビは、平井と梶田のグループに配属されてからは順調に仕事をこなしてはいたが、同期入社の人たちの成長度合いに比べると遅れている感じは否めなかった。他の同期とランチをしながら「こんな案件をやった」「あんな仕事を担当した」といろんな話を聞くにつけ、徐々に焦りを感じるようになってもいた。

「東京オフィスでも本当にレイオフが行われるのか、先輩に話を聞きに行こうかな。でも、その前にちょっとお手洗いに行こうっと……」

2

ミヤビは、化粧ポーチを手にトイレに向かった。女性用化粧室は、男性用化粧室の隣にあるのだが、ミヤビが男性用化粧室を通り越そうとした時に、手を洗う音とともに中の会話が聞こえてきた。

「クビの対象は、たぶん俺たちより上のスタッフなんじゃないの？」

「だといいんだけど……」

「だって、俺たちみたいな安い給料の人間をクビにしても意味ないじゃん」

「うーん」

声の主は、おそらくミヤビの1年先輩の男性社員2人だった。ミヤビは思わず、男性用化粧室の前に立ち尽くして会話の続きを待った。

「まあ、アナリストがクビの対象に入るんなら、ミヤビとかやばいんじゃない?」

「あ〜、やばそう。最近はがんばっているみたいだけど、手遅れだよね」

「あいつ去年のニューヨーク研修、サボったしなあ。あれでシニアスタッフはカンカンだったらしいしね」

「うん。それに、他のジュニアスタッフはみんな優秀だから、切ろうにも切るやつがいないよ」

「わー、怖い怖い。ま、人のことよりまずは自分のことを考えようっと」

そういう声がしたかと思うと、足音が外に近づいてきたので、ミヤビは慌てて女性用化粧室に逃げ込んだ。幸い、中には誰もいなかったが、心臓がバクバクしているのが自分でもよく分かった。そして、鏡で自分を見ると顔面蒼白だった。

「どうしよう……。私、クビなの……？」

梶田と仕事をするようになって、ここ半年ほどは自分でも成長していることが実感できていた。そんな時だったので、なおさらミヤビのショックは大きかった。よほど梶田のところに行って何が起こっているのか、または起こりそうなのか聞こうと思ったが、もしかすると自分がクビにされることを宣告されるかもしれないと思うと、身動きができなかった。

なんとかトイレからデスクに戻ってパソコンの前に座っても、その日は仕事が全然手につかなかった。

「あれ？　まだいたの？」

夜の11時ごろになって梶田がミヤビの席にやってきた。

「あ、先輩……」

「早く帰れる日は帰ったほうがいいぜ。俺はもう帰るけど、まだ仕事するの？」

「あ、じゃあ、帰ります……」

「途中まで一緒にタクシーで帰る？」
「あ、いえ、やっぱりいいです。私、ちょっと寄るところがあるので」
「お！　たまにはデートする相手でもできたか?!」

こうやって梶田と楽しく会話をするのも、あと数日で終わるかもしれないと思うと、ミヤビは明るい梶田のトーンにまったくついていけなかった。むしろ、

「もしかして、先輩は私がクビになるってことを知っているのかも……。だから気を使って席まで来て、明るく声をかけてくれているのかも……」

と思ったりもした。一度悪く考え出すとその思考は止まらず、翌日以降もミヤビの心は沈んだままだった。いつ、誰から悪いニュースを聞くとも分からない状況だったので、ミヤビは他の社員とのコミュニケーションを避け出した。そしてトイレに行くのも怖くなり、どうしても行く必要があるときは1階まで降りてビルの共用トイレを使うようになった。しかし、そんなミヤビを無視するかのように、周りの社員は今までと変わらない様子で日々の業務を淡々とこなしていた。

また、ミヤビは梶田の席にも寄りつかなかった。梶田から頼まれていた資料を作った時も、梶田のいない時間帯を見計らって、梶田の席にそっと資料を置いて戻ってきた。

3

数日が過ぎたある日の朝、ミヤビが出社して間もなく梶田から内線電話がかかってきた。

「ミヤビ、ちょっと来てくれる?」

いつもよりも冷たいトーンの梶田の声に、ミヤビは恐怖感を抱きながら梶田の席に向かった。

「昨日席に置いておいてくれたプレゼン資料なんだけど、これひどいよ。最近作ってくれたなかでも最低のデキだよ」

「え……、そうですか……?」

「ほら、ちょっと見てみなよ」

そう言って梶田はミヤビの作った資料をミヤビに差し戻した。

「明らかにおかしいでしょ？」

「どこがですか……？」

「どこがじゃないよ。パッと見てすぐに分かるだろ？　お前もう2年目だろ?!　見てみろ、まず、フォントが違う。これきっとサイズ10だろ。うちのプレゼン資料は全部サイズ11。そして、ここにMS明朝使っているけど、うちで使うフォントは全部MSPゴシック。めちゃ基本じゃん」

「はあ……」

クビのことで頭がいっぱいになっていて、ミヤビは梶田の言うことに対してまともに反応ができずにいた。自分が昨日作った資料が目の前に出されていたものの、果たして自分がそのような資料を作ったかどうかすらうろ覚えの状態だった。

「それに、ここのグラフ。この目盛り線はいらないだろ？　グラフの背景色もいらないし、この補助線もいらない。俺たちがこのグラフで強調したいデータは何だ？　それがこのグラフを見てキチンと一目で強調できているか？」

「す、すいません……」

「そもそも、ここ数日は全然やる気がなさそうだったけど、俺たちが汗水たらして何時間もかけて一生懸命作ったプレゼンテーションを、フォントやグラフをひとつ変えるだけでずっと印象がよくなるんだったら、どうしてそのたった1分の労力を惜しむ？」

「修正します」

「ミヤビは、クライアントに企業戦略、財務戦略を提案する人間なんだろ?!　自分の提案内容をもっとも引き立たせるためにはどうするんだよ？　少しでも見栄えよくしたほうがいいだろ?!」

「はい……」

「もし自分がお菓子メーカーの社員で、スーパーで自分の会社のお菓子の陳列が少しでも歪んでいたらどうする？　直すだろ？　それと同じだよ」

「はい……」

「こんな指摘はくだらないことだと思うかもしれないけど、でも、どの投資銀行にも頭のいいやつらがごまんといるんだよ。そういう競争相手に対して、提案内容で圧倒的に優勢に立つのはなかなか厳しい」

「はい……」

「それに、クライアントもみんな頭のいい人たちばかりだ。つまり、いい提案をすれば案件がもらえるというやわな世界ではない。いい商品を作っただけでは売れないのと同じように、売るためにアピールする、マーケティングすることが俺たちの業界でも重要なんだよ」

「はい……」

「だから、ちょっとでも気を抜いた人間が負けるんだ、この世界は。いつまでも1年目のようじゃ困るよ！」

その後、しばらく間があった。ミヤビは梶田に「ミヤビは負けたんだよ」と言われたと理解した。また「2年目としては完全に失格だ」と言われたとも思った。そして、この次は、とうとう梶田にクビを宣告されるのかと思うと、耐えられなくなって気がつくと目から涙がこぼれていた。

「じゃ、もう戻っていいよ」

梶田はそう言ってミヤビに資料を突き返して、パソコンに向き直った。

「もう、いいんですか……？」

「もういいよ。早く修正してくれ」

梶田は、パソコンを向きながらぶっきらぼうに言った。そして、ミヤビはトボトボと自分のデスクに戻っていった。

しばらくは放心状態だったミヤビだが、静かに泣きながら、ここ数カ月の梶田との仕事の日々を思い返していた。仕事にまじめな梶田と働くのはなかなか大変だったが、日々自分が成長しているのを実感できていたのがうれしかった。だから、たとえクビになったとしても、ミヤビは親身になっていろいろと教えてくれた梶田を憎む気にはなれなかった。

「ホントにクビになっちゃうのかな……。一生懸命やったんだけどな。でも、最後ぐらいは先輩に迷惑をかけないようにしなきゃ……」

そう思ったミヤビは自分の作った資料を丁寧に見返して、梶田に指摘された点、そして指摘されなかった点でも修正の余地のある箇所は全部修正していった。たしかにその資料は、ここ数日の放心状態の中で作ったものだったので、自分でもびっくりするほどにミスが多かった。

ミヤビは資料を修正して、夕方に梶田のデスクに行ったが、梶田は外出していていなかった。最後にキチンと謝っておきたかったのだが、その日の梶田は、外出先からクライアントとの接待に直行する予定になっており、オフィスには戻ってこないということだった。

「私はいつクビを宣告されるのだろう……」

そう思いながらミヤビは修正した資料を梶田の椅子の上に置いて、家に帰ることにした。

4

翌朝。クビのことを考えると明け方まで寝つけなかったミヤビは完全に寝坊をしてしまい、慌てて会社に向かった。会社に到着すると、後ろの席に座っていたアソシエイトの社員の席が、やけに片づいていることに気がついた。そして周りをパッと見回すと、一つ向こうの島でも1席、そして別の島でも1席、席がきれいになっているところがある。

「なんだ、ミヤビが全然来ないから、もしかしてミヤビまでクビになっちゃったのかと思ったぜ」

そう言って話しかけてきたのは同期の島田だった。

「全員で7人だってさ。アナリストが1人、アソシエイトが4人、バイス・プレジデントで2人だって。しかし、怖いよな。あっという間に7人が消えちゃったんだからさ」

ミヤビは何が起こったのかいまいち理解できないでいた。それにも構わず同期の島田は続けた。

「でも、なんで松村さんみたいな人がクビになっちゃうんだろうね」

「え?! 松村さんが、クビ?!」

ミヤビは思わず大きな声を出してしまった。松村とは、ミヤビの後ろの席に座っていたアソシエイトであった。ミヤビより4年上の先輩社員で、グループは異なるものの、ミヤビが困っていたときにはいろいろと優しく教えてくれて、後輩社員からは評判がよかった。

「昨日の午後に全員宣告されたみたいだよ。みんな何もなかったかのように帰宅したもんな。まさか昨日首切りをやっていたとは全然気づかなかったよ」

「もう松村さんは来ないの……？」

「来ないってか、来られないよ。クビになった時からセキュリティカードも使えなくなるし、パソコンのＩＤも抹消だってさ。ああ、怖い怖い」

そう言って、島田は自分の席に戻っていった。その日はその後、部署全体に重苦しい雰囲気がたちこめていた。

5

夜になってミヤビがぼんやりと自分の席に座っていると、帰り支度をした梶田がやってきた。

「あ、先輩……」

「ちょっと飲みに行く？　もう今日は仕事ないでしょ？」

「はい……」

「じゃ、下のタクシー乗り場で待ってるよ」

ミヤビが慌てて支度をして出ていくと、梶田と平井がいた。

「平井さんも……」

「どうしたんだよ、葬式の帰りみたいな顔をして」

「あ、いえ……」

「じゃ、行こうか」

ミヤビが連れていかれたのは、六本木の静かなバーだった。飲み物を注文すると、平井がミヤビに聞いてきた。

「ショックだったか？」

ミヤビがその平井の問いに答えられずにいると、平井が続けた。

「まあ、よくあることだよ。この業界では人件費は変動費なんだよ。変動費って分かるか？」

「売上げに比例して増えたり減ったりする費用のことです」

ミヤビはかろうじて答えた。

「うちの会社の決算書見たことあるか？　毎年人件費は売上げに対してキレイに43％で推移している。大体どこの外資系証券会社でも、売上げの40～50％が人件費なんだよ。だから売上げが増えると給料も増えるし、売上げが減ると給料も減る」

「はい……」

「今年はこの業界、あまり景気がよくなかっただろ？　だから給料はカット。それでも足りない場合は人減らしをする。そして、また景気がよくなってきたら採用をする。それの繰り返しだ」

梶田は隣で黙って聞いていた。ミヤビも、ただ黙って聞くしかなかった。

「給料をカットしてでも、人減らしをしてでも利益は残す。そして株主に報いる。それが外資系証券会社の仕組みだよ。別に投資銀行に限ったことじゃなく、アメリカでは結構よくあることだ」

「ええ……」

「日本ではあまり考えられないだろ？　赤字をいくら垂れ流しても、従業員の雇用は守られるからな」

そして平井は一息ついた。そこにドリンクが運ばれてきた。

「お疲れさん」

軽くそう言って、平井は自分のグラスに口をつけた。乾杯をするような雰囲気ではなかった。梶田も自分の飲み物に手をつけたが、ミヤビはただじっとしていた。そしてまた平井が言った。

「こうやって、売上げに応じて働く人数を簡単に上下させるのはいいとは思わない。また景気がよくなってくると必ず人の採用には苦労をするわけだし、アホみたいな金額をヘッドハンターたちに紹介料として落とすのがオチだからな。ただ、この業界はそういう業界なんだ。これは仕方がない」

「はい」

「別に俺は、この業界のそういう部分をミヤビに納得させるために、こうやって外に連れ出したわけじゃないんだよ。ただ、こういうことが事実として存在するということは、キチンと伝えておかないといけないなと思ってね」

「ありがとうございます」

ミヤビはそう言うだけで精一杯だった。

「と、まあ、そういうことだよ。あとはミヤビの不安や質問などがあれば、俺と梶田とで答えるよ」

平井は最後にそう言って、また飲み物を口に運んだ。しかし、ミヤビは何からどのように聞いていいか分からずに、ただただ沈黙していた。しばらくすると代わりに梶田が口を開いた。

「でも、今回の人員削減は、全然納得いきませんよ」

平井は何も答えなかった。しかし、梶田は続けた。

「だって、今回退社させられる人たちは、半分ぐらいは優秀な人たちですよ。しかもアナリストとアソシエイトが多く切られましたけど、彼らの人件費なんて、上のほうの人たちに比べると全然たいしたことないじゃないですか？　本当は仕事のできない上層部をバッサリと切るべきでしょ」

「たとえば俺とかか？」

平井は軽く笑いながら言った。

「平井さんはもちろん違いますよ……」

「梶田も分かっているだろ？　どういう理由で今回のやつらが対象になったか」

その平井のセリフに対しては、気がつくとミヤビが反応していた。

「どういう人たちなんですか？」

それに対しては梶田が答えた。

「上司とウマが合っていなかった人たち。もしくは自己表現のうまくない人たち。もちろん仕事のできなかった人たちもいたけど、今回は仕事のデキ、不デキはあまり関係ないよ」

「そうなんですか……」

「ミヤビの後ろに座っていた松村なんて典型的だよ。あいつはすごい仕事できるからな。でも、上とのコミュニケーションが下手なんだよ」


するとまた平井が言った。


「梶田、そうやってミヤビにいらん入れ知恵をするな。まあ、今回は、梶田と同じアソシエイトがたくさんレイオフの対象になったから、少し感情的になるのも分かるけど。まあ、あと1年待て」

「1年待ったらどうなるんですか？」

「上の連中もたくさん切られるよ」

「じゃあ、今すぐに切ってくださいよ」

「それは無理だ。梶田が大体どの人たちをクビにしたいかは分かる。でも、彼らの多くはまだ転職してきて1年ぐらいだろ？　1年も経っていないのにクビにするってことは、明らかに彼らがダメだったということを意味する」

「そうですよ～。だって、全然仕事も取ってこないし、タイトルだけが独り歩きしていて、中身もペラペラじゃないですか？」

「たとえそうだったとしても、かなりの金をかけて雇った人材を、1年もせずにクビにすることは、そいつらを採用した人間がバカだったということになる。つまり、その部署のヘッドや東京支店の上層部の人たちが、ニューヨーク本社に対して自分たちの採用が間違っていました、自分たちの目は節穴でしたって言っているのと同じなんだよ」

平井は半ば吐き捨てるように言った。そして、少し間を置いてから平井が梶田に言った。

「今日はいいけど、明日以降はさっき言ったようなことは絶対に誰にも言っちゃいけない。お前の評価が下がるからな」

「別にいいですよ」

「よくない。お前は何のためにこの会社にいるんだ？　クライアントに最良のサービスを提供するためだろ？　もし、社内で気に入らないことがあれば、お前がもっと偉くなった時に改善していけばいいだろ」

そして二人とも黙った。二人があまりに本音でのトークをしていたので、ミヤビはずっと聞きたかったことを聞いてみる気持ちがやっと湧いてきた。

「あの～、私は今回はクビにはならないのですか……」

「は?! なってたら、ここにはいないだろ?!」

さっきまで真剣な表情で話していた平井と梶田が、半分笑いながら答えた。

「でも、私はてっきり自分がクビになるんだと思っていました。だから先週、うちのニューヨークオフィスでレイオフがあったという話を聞いてからは、全然仕事が手につかなくて……。先輩にもすごい怒られたし……」

そこで梶田は、ミヤビが昨日泣いた理由がやっと分かった。そして、優しく言った。

「うちの部署には、ミヤビみたいなゴマ粒をクビにしているヒマはないよ。そもそも前にも言ったけど、こういうレイオフは1年目のアナリストは基本的に対象外だよ」

「ええ、それは聞いていましたが、でも私もう2年目ですし……」

「あ、そっかそっか。ついついまだ1年目だと思ってしまうんだよな」

そして、二人のやり取りを聞いていた平井が会話に参加した。

「多分ミヤビを採用するのに、うちの会社は一千万円以上のコストをかけたんだよ。外資系証券会社では、1人の採用にそれぐらいのコストと時間をかける。ミヤビは偶然採用されたわけじゃなくて、たくさんのなかから選ばれて採用されたんだよ」

「はい……」

「採用にかけたコストは先行投資の一部だから、今からドンドン活躍してもらって、それに見合った実績を残してもらわないとな。まだ何の実績も残していないのに、クビになんかしている場合じゃないんだよ」

「でも、同期の人たちはどんどん新しい仕事を担当しているみたいで。私は周回遅れなんじゃないかな、って思ったり……」

「そんなことないんじゃないか？　最近のミヤビの仕事ぶりは見上げたものだって、この前も梶田と二人で話していたんだよ」

「ホントですか……？」

「うん、大丈夫だよ。ほら、だからドリンクも飲んで。暗い顔しているとミヤビはひとつもいいところがなくなっちゃうぜ」

「はあ～、よかった！　私本当に心配しちゃったんですよ！　あー、ホントによかった。ここに来る途中もずっと手に汗かきっぱなしだったんですから」

そうしてやっと、ミヤビに笑顔が戻ってきた。ただ、今回の件は、ミヤビにとってはこの業界の構図を理解するいい機会となった。そして、平井と梶田が自分の成長を親身になって考えていることを知ることができて、非常にうれしかった。


「あ、でも、最後にひとつ聞いていいですか？　今回退社することになった人たちは、どうなっちゃうんですか？」

「ああ、全然心配することないよ。すぐに転職先が見つかるよ」

「ホントですか？」

「今までも、働き口がなくて路頭に迷ったって人は一人もいなかったよ。まあ、この職場が合わなくても、他に自分に合う職場や能力を発揮できる場は山ほどあるだろうからね」

「そうなんですね。それはよかったです」

「自分がクビになったときのことを考えていたのか？」

「あ、バレました？」


ミヤビがそう言うと、三人とも笑った。そして平井がミヤビに言った。

「まあ、大丈夫だよ。ミヤビはルックスだけはオジサマ殺しだからどこにでも就職できるよ。あとは、キャバクラとかでもモテるんじゃない？」

「もう～！　先輩はいっつもイジワルなんですから！」

笑いながらミヤビは、平井と梶田と一緒に仕事ができることの喜びを感じていた。つい半年ほど前まではどこのグループからも仕事のできない人間として扱われ、つらい思いをしていたが、今は自分の成長を願い、喜んでくれる上司と先輩がいるという状況に感謝していた。

第6章

外資系投資銀行のクラブ活動!? ［接待］

1

「以上が案件の概要です」

1年後、入社3年目になったミヤビはメリー化粧品の財務戦略部長である小林に対して、アメリカの化粧品会社とヨーロッパの化粧品会社の合併案件の概要を説明するために、初のプレゼンテーションを終えたところだった。小林は満足した表情で言った。

「いやいや、よく分かりました。ありがとうございます。この資料はそのまま役員に提出させてもらいますよ」

「恐縮です」

「いや〜、しかし、ホントこの業界も国内外問わずM&Aが活発になってきていますよね。ずっと前からご提案いただいているコスメアーサーも、とうとう売却されるっていう噂ですものね」

アメリカの中堅化粧品会社コスメアーサーの買収提案は、ミヤビが1年目の年に平井と梶田のチームに来て初めてメリー化粧品に対して行った提案だった。もう2年も前のことになる。それ以来、マンハッタンの三人は、定期的にコスメアーサーの状況や買収した場合のシミュレーションなどをアップデートしてきていた。

そんな状況の中で、突然小林の口からコスメアーサーの名前が出てきたので、平井はすぐに反応した。

「やはりお耳に入っていましたか。私もちょうど今日、そのお話をしようと思っていたんですよ」

「そうでしたか」

「ええ。実はこの週末中に、うちの西海岸オフィスから連絡がありまして、どうやらコスメアーサーはグレートアメリカン証券を売却アドバイザーに任命し、本格的な売却プロセスに入るようです」

「やっぱりそうですか」

「どこか他の証券会社からそのような話が来ましたか？」

「ええ、ちょっと前にグレートアメリカン証券から連絡がありまして、コスメアーサー買収に興味はないかって、まあ、雑談っぽくですが聞かれたので、もしかすると動くのかな、と思っていたのですよ」

「なるほど。グレートアメリカン証券は買収候補者リストを作っていたのでしょうね。それで、いざ売却となった場合はどうされますか？」

「そりゃ、もちろん前向きに検討しますよ。だって、この2年間、あの会社を買った場合はどうなるかということで、社内の根回しなどは相当してきましたからね」

「そうですか」


そこで平井は一呼吸置き、小林に聞いた。


「買収アドバイザーなどはどうされる予定ですか？」

「まあ、まだ買収に乗り出すと決まったわけではないので何とも言えませんが、財務戦略部としてはもちろん今までのご関係からマンハッタン証券さんを推しますよ」

「ありがとうございます」

「ただ、ちょっと厄介なのが、うちの役員のなかで他の証券会社と仲がいいのがいるんです。最近はM&Aに力を入れているとアピールしてきているみたいで」

「なるほど」

「もちろん、マンハッタンさんが一番にこの案件のご提案を持ってこられましたし、ここ2年間ほどずっと状況のアップデートなどいただいていますので、御社のことは社内でキチンとアピールしてあります。ただ、こういう組織ですので、最終的にどうなるかは今のところ何とも保証できない状況でして……」

「了解いたしました」

2

会社に戻るタクシーの中で梶田は平井に聞いた。

「ホントにコスメアーサーが売却されるんですか？」

「うん、どうもそういう動きらしい。ただ、今はみんな夏休みモードだろうから、もしかすると動きが出るのはもう少し先かもしれないけどな」

「そっか～。やっと出てくるんですね、コスメアーサー。でも、もしメリー化粧品が買収する場合は当然うちがアドバイザーに選ばれてもいいと思いますが、さっきの話では他の証券会社になる可能性もあるなんて、ちょっといやなことを言っていましたね」
「まあ、仕方ないだろ」
「でも、まさかビューティコンテストになったりはしませんよね……」

ビューティコンテストになると、他の投資銀行よりも自分たちがいかに優れていて、案件を成功させることができるかを、過去の実績、担当チームの詳細なメンバー紹介、そして、実際に案件を進める場合の提案内容などを100ページぐらいの分厚い資料にまとめて、クライアントにプレゼンテーションを行うことになる。投資銀行同士が自らの優秀さを競うという点が美人コンテストに似ているので、ビューティコンテストと呼ばれる。

ビューティコンテストという単語を聞いて、タクシーで前の席に座っていたミヤビは身を硬くした。ミヤビは他のジュニアスタッフがビューティコンテストのためにほぼ1週間寝ずに、最後は体調を崩しそうになるまで働きづめの日々を送ったことがあるのを見たことがあるのだった。また、ミヤビにとってはずっと前から予定していた夏休みのハワイ旅行のことも気がかりだった。

そんな梶田とミヤビの不安をかき消すように、平井が明るい調子で言った。

「おし、ビューティコンテストにならないように、メリー化粧品を接待だな。もう遅いかもしれないけど、とりあえずできることはやっておこう。梶田、会社に戻ったらアレンジしてくれ。相手は小林さんと彼の上司の松下専務」

「分かりました。こちらは平井さんと私でいいですよね？」

「うん。あ、ちょっと待て。そういえば、ミヤビを接待に連れていったことあったっけ？」

「いえ、ないです」

「そっかそっか。じゃあ、こっちはミヤビも加えて三人で行こう」

「では、人数を合わせるために先方ももう1人追加で招待しますか？」

「いや、今回は人数が合っていなくてもいいよ。ミヤビは秘密兵器だからな」

そう言って平井は窓の外を眺めた。一方、梶田はミヤビに向かって言った。

「接待、初めてだっけ？」

「そうですよ〜！　私はずっと行きたい行きたいって言っていたのに、先輩も平井さんも全然連れていってくれなかったんですよ〜」

「ああ、だって、ミヤビはなんかヘマしそうだからな」

「ムッカー。そんなことありませんよ。その辺のキャバ嬢なんかより、絶対に私のほうがいい仕事をすると思うんですけど」

「どうかなあ……。まあ、いいや。接待の日はオシャレして来いよ」

「ハ〜イ」


梶田は、本当はスカートをはいてくるようにと言おうと思ったが、それはさすがに言いすぎかと思ってオシャレという表現にとどめておいた。ただ、過去3年間のミヤビを観察してきた経験から、そもそもミヤビはパンツスーツはあまり持っていないので、特に言わなくてもスカートで来ると思われた。

3

接待の当日の夕方になると、平井の秘書がミヤビの席にやってきた。

「ミヤビちゃん、はい、これお土産ね」

「わーい！　でも、お土産って何ですか？　どうして私がこんなものをもらっていいんですか？」

「ミヤビちゃんにあげるものじゃないわよ。クライアントに渡すもの。今日のメリー化粧品との接待に同席するんでしょ？　梶田君に持っていったら、ミヤビちゃんに渡してくれってことだったので」

「へ～、こういうものを渡すんですね」

「あれ？　ミヤビちゃんって接待は初めてなの？」

「そうなんです。今まで先輩も平井さんも全然連れていってくれないんですよ。ひどいと思いません？」

「まあ、平井さんがよく行くような場所には、女の子は連れていけないからじゃないかしら？　うふふ。お土産忘れずに持っていってね。タクシー券は梶田君に渡しておいたから」

そう言って秘書は自分の席に戻っていった。

接待場所は赤坂の小粋なお店だった。店に着くと、着物を着た年配の女性がミヤビに話しかけた。

「お土産はお預かりしておきましょうか？」

「えっと……」

ミヤビが答えに迷っていると、梶田が

「預かってもらえ。帰る時にまた出してくれるから」

と言ったので、ミヤビはお土産を預けた。５分ほどすると松下専務と小林部長が到着し、小林はミヤビを見つけると明るく言った。

「お！　これはこれは、今日はミヤビちゃんもご一緒ですか。じゃあ、今日はいつものようなお下品なお話はできませんな」

一同ドッと笑って酒席は明るくスタートした。接待の席では、平井と梶田がクライアントを笑わせるのが上手で、ミヤビは驚いた。普段は理論や数字にこだわった仕事をしているが、投資銀行業務もやはり最終的には客商売なんだなと実感したのだった。

話題は、経済や政治、そして趣味のことなど多岐にわたったが、コスメアーサーの具体的な話はほとんど出なかった。ただ、そんな中でも、社内には他の証券会社を推す声もあるが、松下と小林はマンハッタン証券にこの買収案件のアドバイザーをお願いしたいと思っていること、そして買収手数料は若干下げてもらわないといけないかもしれない、というような内容だけは、軽く情報として交換された。一通り食事が済むと、平井が松下と小林にさりげなく聞いた。

「このあとは何かご予定などありますでしょうか？」

「いや、特にはないですよ」

「そうですか、分かりました。じゃあ、もう1軒軽く……」

店を出るとタクシーが2台停まっており、平井とメリー化粧品の二人が一台のタクシーに、そして梶田とミヤビがもう一台のタクシーに乗って場所を移動した。

「先輩、お会計はどうなっているんですか？」

「ん？　もう済ませたよ」

「え？　いつの間に……？」

「さっきトイレに行った時。その時についでにタクシーも2台呼んでおいたんだよ。慣れてくれば、そういうのもミヤビの担当になるから覚えておいたほうがいいよ」

4

２軒目に向かったのは六本木のクラブだった。

「平井さん、こんばんは。いらっしゃいませ」

店に入ると、男性の店員が平井に話しかけた。その後ろには何人もの女性が立っており、松下や小林に愛想よく声をかけて、カバンや上着を預かったりしていた。

「世の中のオトコの人たちはこういうところで遊んでいるんだぁ」

人生初のクラブ潜入に若干緊張しながらも、ミヤビは興奮していた。そして、店の女性たちを一人ひとりじっくりと眺めながら、誰に向かうともなく言った。

「みんなすごいキレイなんですね。女性の私でも目移りしちゃいますよ」

「アハハ。大げさだよ」

平井が明るく返事をすると同時に女性が何人か席にやってきた。

「こんばんは〜！」

Ｌ字形をしたソファの手前の端にはミヤビが、中央に松下と小林が座り、向こうの端には梶田と平井が座った。そして、松下、小林、平井と梶田の隣に女性が一人ずつ座った。みんなが座り終わった時に平井がミヤビに言った。

「ミヤビの隣にも誰か一人、女性に座ってもらうか？」

「い、いえ、大丈夫です」

「じゃあ、松下さんと小林さんの間に座らせていただくか？」

こういうときにどう返答したらいいか、事前に梶田からレクチャーは受けていなかったので、ミヤビが返事に困っていると、

「ちょっと平井さん！　部下の女の子に私たちの役割を取られちゃうと、私たちの立場がなくなっちゃうじゃないですか?!」

と平井の隣に座っていた女性が言った。ミヤビは半ば救われたと思いながらも、どう返事すべきだったのだろうと少し考えてみた。しかし、いい答えは見つからなかった。

「でも、こんなかわいい子も平井さんの会社に働いているんですね。だって、仕事はすごい大変なんでしょ？」

平井の隣の女性が、ミヤビを見ながら平井に話しかけていた。

「そうか？　ミヤビがかわいいのか？　ずっと同じ会社にいると、そういう感覚が完全になくなってしまうからなあ。そうだよなあ、梶田」

「え？　ああ、そうですね。単なるヤンチャな同僚って感じですからね」

「ええー⁈　そうなの⁈　もったいなーい。こんなにかわいいのに。なんだったらうちのお店で働いてみません？　きっとすごい人気だと思うわよ」

初めのうちはミヤビに遠慮してか、なんとなく全員で会話をしていたのだが、そのうちに男性陣はそれぞれ隣に座る女性と話し込むようになっていった。最初こそ、初体験のクラブ潜入を楽しんでいたミヤビだったが、徐々になんとなく取り残された疎外感を感じるようになった。

「もう！　平井さんも先輩もなんだかデレデレしちゃって。情けないっ！」

そう思いながら時間をもてあましていたミヤビだったが、そのうちに店の女性に対してメラメラとライバル心のようなものが湧き上がってきた。

「平井さんと先輩は私のものなんだからね！　横取りしないでよね。もう！　この小娘たちをギャフンと言わせてやるんだから」

そんなことを思いながら、おもむろに化粧ポーチを持ってお手洗いに向かった。そしてミヤビは丹念に化粧直しをして、ほんの気持ち、スカートを捲り上げて席に戻ってきた。

「あら？　なんだかますます美人さんになっちゃって」

いつの間にか席には店のママらしき人が座っており、戻ってきたミヤビを見てそう言った。すると、他の女の子もみんなミヤビのことをかわいいと褒め出した。ミヤビはそういう対応をされるとは思っていなかったので、逆にバツが悪くなり、静かに席に座り直した。

「もう！　なんだか調子狂っちゃうなあ」

ミヤビがどうにもこうにも自分の居場所を確保できずにいるうちに、1時間ほどが過ぎていった。すると、そんなミヤビに気がついたのか、すっかり楽しんでいると思った男性4人が、あっさりと店を出ると言い出した。ミヤビは店を出ることになって少しホッとしたが、もしかすると自分のせいで4人が気を使って店を出ることになったのではないかと心配になった。

店の外にはまたタクシーが2台呼んであり、梶田がドライバーにタクシーチケットを渡していた。メリー化粧品の二人がタクシーに乗って家に帰ると、平井も流しのタクシーを停めて乗り込んだ。

「今日はお疲れさん。ミヤビもありがとうな。慣れないことでちょっと疲れただろ？」

「い、いいえ、大丈夫です。お疲れ様でした」

平井のタクシーが行ってしまうと、ミヤビは梶田がどうするのか不安げに待っていた。接待後に、梶田がオフィスに戻ってきて仕事をするのを何度も見たことがあったので、ミヤビは自分が梶田とともにオフィスに連れ戻されるのではないかと心配していたのだった。また、自分のクラブでの行為を叱られるのではないかとも思った。


「ミヤビ、疲れている?」

「いえ、別に大丈夫ですけど……」

「じゃ、もう1軒行く?」

「キャ! ホントですか? あ、もしかして、先輩はさっきのお店で女の子を口説けなかったから、代わりに私のことを口説こうとしていたりして……? 私、そんなに安くありませんからね!」

「そんな悪趣味はないよ」

「はあ?! 何が悪趣味なんですか?! そもそも先輩は鼻の下を伸ばしてデレデレと女の子たちと話しちゃったりして! 会社のみんなに言いふらしちゃいますよ!」

「ん? ミヤビが乗り気じゃなかったら、オフィスに戻って仕事でもしようかと思うけど」

「仕事?! い、いや、それならもう1軒行きましょ! 私もちょっと飲み直さないと、最後がクラブってのはちょっとね……。それに、たまには先輩と飲みに行きたいですし、ね!」

「なんだか調子がいいなあ。まあ、仕事よりは飲みのほうがいいってことだな」

5

六本木にあるバーに行くと、カウンター越しに大きな水槽が置いてあり、熱帯魚が気持ちよさそうに泳いでいる。バーの静かな雰囲気とともに、ミヤビの荒れ気味だった心も少し落ち着いた。

「先輩、意外とオシャレなバーを知っているんですね。てっきり居酒屋にでも行くのかと思いましたよ」

「じゃ、場所変える?」

「変えませんよ~! もう! ホント意地悪ですよね。たまには私の茶化しとかおふざけに、ちょっと焦ってみたりしてくださいよ~。先輩って、全部まじめに切り返してくるから大変ですよ~」

「そう? それはごめん。でも、こうやってミヤビと一緒に飲みに行くこともほとんどないもんな」

「そうですよ~。先輩が全然誘ってくれないんですもん」

「会社で四六時中顔を突き合わせて仕事しているのに、飲みにまで行ったらミヤビがパンクするだろ？」

「そんなことありませんよ〜。たまには私もいろんなお悩み相談とかしたいですよ」

「彼氏ができない悩みとか？」

「ムカッ！　でも、彼氏ができたら、こうやって先輩と二人でバーになんか来ませんからね！　今だけですよ、こんな若いギャルとバーでデートができるんですから、感謝してくださいよ！」

そう言うとミヤビは、メニューに目を落としてカクテルを注文した。梶田はウィスキーのロックを注文して、話を続けた。

「接待はどうだった？」

「会社のお金でおいしいものが食べられるだけだと思っていましたけど、結構大変なんですね。しかも今日は慣れないお酌をたくさんしたので、明日は腕が筋肉痛になりそうですよ」

「あはは。でも、楽しかっただろ？」

「ええ。仕事では見られないみなさんのいろんな顔を見ることができて楽しかったです」

「だね。接待は面倒だけど、結局は楽しんだもん勝ち、楽しませたもん勝ちだよ」

「でももっと、すっごい高いところに行っているのかと思っていたんですよ。外資系証券会社の接待、って聞くとなんだかすごそうじゃないですか？」

「ああ、そうだね。結構普通だよ。接待は、担当者によって考え方は違うけど、基本的にはあまりに派手なところを使うのはよくないね」

「どうしてですか？」

「そんな金満主義者みたいなことをすると、反感を買うだけでしょ？　そもそも俺たちの部署ってクライアントからのフィーで成り立っているわけだし」

「あ、確かにそうですね」


そこまで話すと、バーテンダーが静かに二人のドリンクを運んできた。


「ところで、先輩。ああいうクラブみたいなところってよく行くんですか？」

「うーん、たまにかな。今日はミヤビがいたからわざわざ連れていってくれたんじゃないかな？」

「どうして私がいると行くんですか？　逆じゃないですか？」

「こういう世界もあるってことを平井さんがミヤビに見せてくれたんだと思うよ。ああいう場所が好きなクライアントは本当に好きだからね」

「社会勉強ってことですか」

「まあ、メリー化粧品の人たちはああいう場所にはそれほど関心がなくて、お酒が飲めればどんな場所でもいいみたいだけど」

「へ～、そうなんですね。いろんな場所があって、いろんな人たちがいるんですね～」

「しかし、ミヤビは店の女の子に対抗意識全開だったな」

「だって～！　みんな私のことを無視するんですもん！　先輩も平井さんもニヤニヤしちゃってさ。あ！　そうだ！　しかも店の女の子と名刺交換とかしていたじゃないですか～！　あれ、どうするつもりなんですか？　もしかしてデートに誘おうとか……」

「ん？　そんなことしないよ。そもそも忙しくてケアしている時間がないだろ？」

「でも分かりませんよ、向こうからメールとか電話とかしてくるかもしれないじゃないですか～」

　そうやって、二人は1時間ほどバーでたわいのない会話をしていたが、ミヤビがトイレに行った間に梶田が寝入ってしまっていた。

「すっかりお疲れのご様子ですね」

トイレから戻ってきたミヤビにバーテンダーが話しかけてきた。

「ええ、今日は接待で結構飲んでいましたし、仕事では毎日遅いですし」

「そうですよね。まあ、梶田さんがこうやって寝てしまうのはいつものことですから、全然気にしませんよ。なんでしたら、梶田さんを置いて先に帰られても結構ですよ。私から言っておきますので」

「え?! 先輩いつも寝ちゃうんですか?」

「いつもってわけじゃないですが、いらっしゃるときの半分ぐらいは、こうやって寝てしまいますかね」


そう言って、バーテンダーは静かに微笑んだ。


「ってか、先輩ってそんなに頻繁にここに来るんですか?」

「ええ、よくご利用いただいています」

「そうなんですね……。こんなオシャレな場所、先輩が後輩の私にカッコつけるために初めて来たんだとばかり思っていました。いつからあるんですか、このお店?」

「結構古いですよ。もう10年以上経ちますね」

ミヤビはバーテンダーと会話をしながら、梶田はいったいどれぐらい前からこのバーに来ているのだろうと思った。そして、いつもは誰と一緒にこのバーに来ているのだろう、とも思った。バーテンダーに聞いてみたいと思ったが、なんだか聞けなかった。そしてしばらく沈黙していたが、またバーテンダーが口を開いた。

「よく梶田さんからお話は聞いていたんですよ」

「え？　私のことですか？」

「ちょうど2年前ぐらいですかね。新しい後輩がチームに入ったって聞いたのは。どんなお方かと思っていましたが、今日お会いしていろいろ納得しました」

またしばらく沈黙が続いた。梶田が自分のことをどのようにこのバーテンダーに話していたのか、非常に気になった。そして、それ以上はバーテンダーとの会話に耐えられなくなって、ミヤビは梶田を揺すって起こした。

「先輩!!　起きてくださいよ！　若い女の子を独りぼっちにしないでくださいよ〜！」

梶田は眠さのせいかお酒のせいか、フラフラになりながら店を出た。ミヤビは一緒にタクシーに乗って、途中で梶田を降ろして自分の家に帰ることにした。タクシーの中では、梶田があのバーテンダーに自分のことをどのように話していたのか聞き出そうと思っていたが、タクシーに乗ったとたんに梶田はまた眠り込んでしまった。

「もう！　先輩ってホントにサイテーなんだから……。どうせ、仕事のできない後輩だとか悪口を言っていたんでしょ」

そう思いながらミヤビは梶田の寝顔を見ていた。見つめているうちに梶田があのバーにいったい誰と行っているのか、そればかりを考えるようになっていた。

第7章

ミヤビ、上司にキレる

[ビューティコンテスト]

1

「ええー!?　絶対にそんなのイヤですよー!!　だって明後日出発予定なんですよ！」

ミヤビが入社して3回目の夏のある日、ミヤビは梶田の席で叫んでいた。

「だって、仕方ないじゃんよ。ビューティコンテストになっちゃったんだから……」

「どうしてですか？　この前、接待もキチンとしたじゃないですか!?　なのに、どうしてビューティコンテストなんですか?!」

「まあ、その辺は俺も詳しいことは知らないけど……」

「絶対にイヤです!!　だって、すっごい楽しみにしていたんですよ、このハワイ旅行！」

「うーん。じゃあ、他のスタッフを当たるかな……。ちょっと平井さんに相談してくるよ」

「絶対にキャンセルはしませんからね！」


メリー化粧品が正式にコスメアーサーの買収アドバイザーを選定することになり、ビューティコンテストを実施することとなった。ビューティコンテストを実施すると、メリー化粧品がコスメアーサーの買収を検討していること自体の情報が、外部に漏洩するリスクも大きくなるので避けたほうがいい、と平井と梶田はアドバイスをしてきたのだが、そのかいなくビューティコンテストとなった。そして、その実施時期がちょうどミヤビの夏休みの予定と重なってしまい、梶田がミヤビに夏休みの延期を打診したところだった。

平井は梶田からの話を聞いて言った。


「じゃあ、ミヤビはどうしても夏休みを取ってハワイに行きたいんだな？」

「そのようです」

「うーん、じゃあ、まあいいんじゃないの？　今は夏休みモードで部署全体としてヒマだろうから、代わりのスタッフを探すことは可能だろう」

「そうですが……」

「でも、もし買収アドバイザーとなった場合は、ミヤビではなく、その代わりのやつが担当することになるけど、その辺はミヤビは理解しているのか？」

「そこまでは話していません」

「そっか、じゃあ、ミヤビに伝えておこう」


そう言って、平井は電話をスピーカーフォンにしてミヤビに内線電話をかけた。スピーカーにしておくと、ミヤビの発言を梶田も確認することができるし、とっさに梶田も会話に参加できて便利なので、平井の部屋から内線電話をするときには、よくこの機能が使われていた。


「下園です」

「平井だ。梶田から話は聞いた。夏休み、取っていいぞ。代わりのやつを探すから」

「わーい、ありがとうございます！」

「でも、いざ案件になったら担当はミヤビじゃなくて、今回働いてもらうことになる人間になるけど、それはいいか？」

「ってことは、私、外されちゃうってことですか？」

「外されるっていう表現がいいのか悪いのか分からないけど、このビューティコンテストにかける労力が案件獲得に向けて一番大変なんだ。その一番大変な思いをしたやつが、いざ案件という一番楽しくエキサイティングなものを味わえないとなると、モティベーション的に難しいからなあ」

他のスタッフを当たると聞いて最初は喜んでいたミヤビだが、担当から外れるかもしれないと聞いて沈黙した。

「じゃ、こっちは早速代わりの人間を探すので、電話を切るぞ」

そう言って平井は内線電話を切ると、梶田が浮かない表情をしていることに気がついた。

「梶田、どうした?」

「ハイ、ミヤビにとっては、ほぼ初めての生きたM&A案件ですので、彼女の学習という意味では貴重な機会だなと思うと少しかわいそうで」

「まあ、そうだよな。あいつも、そろそろバリバリと実践的な経験を積まないとな。でも、本人がハワイ旅行を選ぶのなら仕方がないさ。仮に俺が逆の立場でも、ハワイを選ぶかもしれないしな。アハハ」

平井の笑い声を聞きながら、梶田は部屋を出ていった。席に戻った梶田は、今までのメリー化粧品へのコスメアーサー買収に関するプレゼンテーション資料を取り出して眺めていた。全部で10回ぐらいのプレゼンテーションを行い、その資料を全部積み上げるとちょっとした小包が入るぐらいの大きさになった。

「よくやったよな。あと1回かあ。でも、ミヤビはもったいないよな。せっかく今まで一緒にやってきたのに……」

梶田はミヤビの成長を思う気持ちと、単純にミヤビと一緒に案件をやりたかったという気持ちとが混ざった、複雑な気持ちになっていた。

「まあ、でも、確かに友達と一緒にハワイに行く機会も今後それほど多くもないだろうし、人生の充実っていう観点からはミヤビの選択も正しいだろうな」

そう思って梶田は、ミヤビに夏休みを楽しんでくるように伝えようと思って席を立った。

2

ミヤビは、平井との電話を切ったあと、しばらく考えていた。メリー化粧品に対してのコスメアーサーの買収は、ミヤビが1年目に平井と梶田のチームに配属されて初めて担当した提案だった。あれから2年が経ち、何度もメリー化粧品に買収の提案を行ってきて、やっとそれが実現しようとしていたのだった。また、ミヤビは平井と梶田とはいくつかの小さな案件は遂行したことがあったが、大規模なM&Aの案件は担当したことがなかった。

「やっぱり、この案件だけはなんとか最後まで担当したいな」

そう思ったミヤビは、平井にお願いしようと思い席を立った。ミヤビの中では、この案件を担当できなくなることの不安だけでなく、今まで2年間平井と梶田と働いてきて、日々自分の成長が実感できている中で、万が一これをきっかけとして自分がこの二人のチームから完全に外れて、別のチームの配属になるかもしれないことが最悪のシナリオだった。

梶田がミヤビの席に行くと、ミヤビはいなかった。デスクの上にはハワイのガイドブックが置いてあり、梶田はパラパラとめくった。ところどころ付箋紙が貼ってあり、ミヤビがいかにハワイ旅行を楽しみにしていたかを物語っていた。梶田はミヤビのデスクに

「Pls. call back. TK 9:42」

とメッセージを残して自分の席に戻った。Pls.はPlease（プリーズ）の略で、ＴＫは梶田智彦のイニシャルであり、ミヤビが席に戻ったら電話をするようにとのメッセージだ。

その後、梶田が自分の席でメールのチェックやその日の仕事の準備をしていると、しばらくしてミヤビが険しい表情でやってきた。

「どうしたの？」

「どうしたって、机にcall backってメッセージがあったじゃないですか?!　だから来たんです！」

「ああ、そっか。俺が呼んだんだよな。いや、たいした用事はなかったんだ。スタッフ繰りはこっちでなんとかするから、夏休み楽しんでこいよ、って言おうと思っただけで」

「もういいんです！　私、夏休み、キャンセルしますから！」

「は？　どうして？　楽しみにしていたんじゃないの？」

「もういいって言ったら、いいんです！」

「あ、そ、そう。じゃあ、一緒にやるの？」

「やりますよ！　何でもやりますよ！」

「わ、分かったよ。じゃあ、とりあえず作業内容を整理するから、いったん席に戻っていていいよ」

「フン！」

「あ、そうだ。夏休みや冬休みの旅行が会社都合でキャンセルになった場合は、キャンセル料は会社が出してくれるはずだよ」

「そんなのどーでもいいんです!!　キャンセル料なんて戻ってきても、この精神的ショックはなかなか癒されません！　そんなの受け取ったら、なんか丸め込まれたみたいでイヤなんです」


　そう言ってミヤビは自分の席に戻っていった。あとで聞いたところによると、ミヤビが平井の部屋に行き、ハワイから戻ってきても案件を担当させてくれるようにお願いしたところ、それは保証できないと平井が言い、かつ、平井はミヤビが投資銀行で働くバンカーとして大きく成長できる機会を、ハワイ旅行のために棒に振ろうとしているということをやんわりと指摘したらしい。

それを聞いたミヤビが「キャンセルすればいいんですよね?!」とキレたらしく、その足で梶田のところに来たということだった。梶田はあのミヤビにそこまでの根性があったとは、と意外な印象を持った。

3

それから1週間、梶田とミヤビは他のグループのヘルプも受けながら、ビューティコンテスト用のプレゼンテーション資料を作成していった。夜中になると毎日ミヤビは、

「なんでこんな時期にビューティコンテストなんかするのよ!?　ムカつく!!　あの会社マジサイテー!」

とぶつぶつ言いながら仕事を進めた。しかし、その分、絶対に案件を獲得するという意気込みは大きく、プレゼンテーションの資料は今まで梶田が見てきたミヤビの、どの仕事よりもスピードとクオリティ面で優れていた。梶田も、なんとかミヤビのために案件を取っ

てやろうという気持ちが大きく、連日明け方まで作業をした。そして、そんな二人の間には目に見えない連帯感が今まで以上に育ちつつあった。

そうしてビューティコンテスト当日を迎えた。


「おーい！　ミヤビ、出発するぞ！」

「あーん!!　もうヤダー！」

「どうした？」

「こっちの話です！　ああ、どうしようどうしよう」

「どうしたんだよ？　もう行かないと間に合わないよ」

「あ！　先輩！　途中でコンビニに寄っている時間ありますか？」

「え?!　コンビニ?!　そんな時間ないんじゃないかな……。ただでさえ時間が押せ押せだぜ。とにかく早く行こうぜ」

「あー、もう！　分かりました。行きますよ！　でも、30秒だけお手洗いに寄ってから！いいですよね！」


そう言ってミヤビはバタバタと出発の準備をして、梶田とオフィスの外に飛び出した。

梶田はエレベーターホールに向かい、ミヤビは途中でトイレに駆け込んだ。エレベーターホールでは平井がすでに待っていた。

「ミヤビは？」

「今、トイレに行っています」

「あいつは、また化粧直しか？　毎度毎度懲りないやつだな。化粧直しぐらいタクシーの中でやればいいじゃないか？」

「いえ、そんな感じではなかったですけど。相当パニクってましたから、おしっこじゃないですかね……」

梶田が平井に答えると同時に、ミヤビが走ってやってきた。

「おしっこじゃありませんよ！」

「やっぱ化粧か……」

「朝バタバタしていたらストッキングが伝線しちゃったんです！　だからコンビニに行きたいって言ったのに、先輩がそんな時間はないって言うから脱いできましたよ」

「まあ、リスク管理もバンカーの仕事だから、今後は常に替えのストッキングを用意しておくんだな」

「男性の平井さんに、そんな偉そうに言われたくありません。もう！　20代後半なのに、まさか生足でクライアント訪問をするなんて思いもしませんでしたよ！　あー、恥ずかしい！」


平井と梶田は、苦笑いしながら顔を見合わせてエレベーターに乗り込んだ。


「平井さん、僕たちは何番目のプレゼンなんでしょうね？　他の投資銀行はもうやったんでしょうかね？」

「さあ、分からんな。まあ、普通に俺たちのプレゼンテーションをすれば大丈夫だよ」

「プレゼンテーションは全部平井さんがなさいますか？」

「いや、冒頭と後半は俺がやるけど、あとは梶田とミヤビでやってくれ。特に買収金額の説明はミヤビの担当な。今日のミーティングはM＆Aに詳しくない人たちも出てくるから、買収金額の話なんて俺がいつもの調子でやってしまうと、理解できない人たちも出てくるだろうから」

「分かりました」

「ミヤビはもともと、その分野はチンプンカンプンだったんだから、分からない人に向けての説明はうまいはずだろ」

「えっと。それってけなされているんですか？　褒められているんですか？」

「両方だよ」

4

ミーティングにはメリー化粧品からは６人が参加した。冒頭にメリー化粧品の財務戦略部長の小林がマンハッタンの３人をねぎらった。

「このたびは急なお願いで申し訳ありませんでした。しかも、時間があまりない中で資料をまとめていただくことになりまして」

「いえいえ、全然大丈夫ですよ。日常茶飯事ですから」

「ホント、心強いですね。では、早速お願いしましょうか」

冒頭は平井が担当し、マンハッタン証券がいかにアドバイザーにふさわしいかをアピールした。そして、その後は梶田が買収スキームや買収のメリットなどについて触れて、買収金額のページになるとミヤビにバトンタッチした。つい先日までは、クライアントの前でプレゼンテーションもしたことがなかったミヤビだったが、その日は堂々としていた。

「買収対象が上場企業の場合は、その会社の時価総額が買収金額の目安になります。そして時価総額は企業の利益の何倍という形でつくことが一般的で、平均的には20倍ぐらいです。その倍率をＰＥＲと呼びます」

ミヤビの説明をメリー化粧品の６人はうなずいて聞いていた。小林をはじめ、いつも証券会社を相手にしているスタッフにとっては分かり切った話だったが、他の３人は普段は買収などとは無縁なスタッフだったので、一生懸命聞いていた。


「利益がドンドン成長しそうな企業はＰＥＲが30倍とか40倍とかになりますし、成長があまり期待できないと10倍程度になることが多いです」

「ふむふむ。それで、これを買収金額算定にどうやって使うのですか？」

「コスメアーサーの純利益が50億円ぐらいですので、それにＰＥＲの倍率を乗じると大体の想定時価総額、つまり、買収金額が算出できます。アメリカのコスメ業界の平均ＰＥＲが25倍ぐらいですので、50億×25で１２５０億円ぐらいが想定時価総額、つまり買収金額の目安になります」

「なるほどね〜」

「ただ、今のはあくまで業界の平均ＰＥＲを使った大まかな計算です。成長性が高く、利益率が高い企業のＰＥＲは平均より当然高いですし、規模の大きな企業もＰＥＲは高くなります。逆に言えばコスメアーサーは規模が平均より少し小さいですし、業界平均よりＰＥＲは若干低くなるはずです」

「ってことは、買収金額を計算するＰＥＲは25倍以下になるわけですね……」

「そうです。具体的にどれぐらいの数値にすべきかと言うと、コスメアーサーと同じぐらいの成長性や利益率、そして規模の会社を参考にするのがいいと思われます」

こんな形でミヤビの説明がなされていった。語り手が若い女性社員なので、聞く側にも「彼女に分かって自分に分からないわけがない」という思いが出てくるため、メリー化粧品側の出席者の理解は早かった。

「あとは、予想キャッシュフローを基に算出した企業価値がこちらのページになりますので、こちらも参考までにご覧ください」

その後、再び梶田がメリー化粧品の株価に対する影響を話し、最後に平井が締めてプレゼンテーションは終了した。メリー化粧品の小林財務戦略部長が言った。

「ありがとうございました。非常によく分かりました。もろもろ勘案して検討させていただきたいと思います。ただ、ひとつ気になりましたのは、このフィーなんですが、少し変更してもらうことはできませんでしょうか？」

「と言いますと？」

「買収金額の1％ですと、マンハッタン証券さんとしては買収金額が高いほどフィーが高くなってしまいます。我々は当然、買収金額を安く抑えたいと思いますので、利害が一致しないわけですよ」

「確かにそうですね」

「買収金額を低く抑えるのも、投資銀行の仕事のひとつになりますよね？　ですので、買収金額を低く抑えたときにはフィーを上げることは問題ないですけど、買収金額の高さに応じてフィーも高くなるというのは若干抵抗があるんですよね」

「なるほど」

「あとは、1％ってのもできればもう少し下げていただきたい気がします」

「分かりました。フィーに関しては社内で承認を得る必要がありまして、この場で即答することはできませんので、一度持ち帰らせてください」

通常、M&Aのアドバイザリー案件でのフィーは、買収金額に対して一定のパーセンテージ（割合）でもらうことが多い。たとえば、100億円の買収金額に対して数%というように決まる。投資銀行では、従業員当たりの利益を重視しているため、フィーが低すぎる案件は手がけてはいけないことになっており、フィーを決定するには社内の会議で承認を得る必要がある。

社内規定より低いフィーで案件を受注するには、クライアントとの関係性や今後のその他の案件獲得可能性など、それなりの理由がないと難しい。

5

メリー化粧品へのビューティコンテストのプレゼンテーションが終わり、エレベーターホールに向かっている途中に、財務戦略部長の小林が平井に言った。

「なんだか今日のミヤビちゃんはいつもと違いましたね」

「え？　そうですか？」

そう言って、平井は少し後ろを歩いていたミヤビを振り返った。ミヤビは、もしかすると自分の生足が小林にバレたかと思って顔を赤らめた。しかし、そんなミヤビの様子には気づかずに、小林が平井に続けて言った。

「ええ、いつものニコニコ優しい女の子という印象ではなくて、今日はキリリとしていましたよ。バンカーっぽくなってきたんでしょうかね？」

「そうですか？　彼女は、今回のプレゼンテーションのために夏休みをキャンセルしましたので、その分この案件をどうしても担当させていただきたいという思いが強いのです。そのせいかもしれませんね」

「あ！　そうなんですか?!　それは大変失礼いたしました」

「いえいえ。本人のためにもなっておりますので」

帰りのタクシーの中で、平井がミヤビに言った。

「ミヤビ、なかなかプレゼンがうまくなったな」

「そうですか？　それより、小林さんと何のお話をしていたんですか？　私が噂されていた気がしますけど。生足のことを気づかれるんじゃないかと思って冷や冷やしていたんですから」

「あはは。そうだったな。完全に忘れていたよ。小林さんは、今日のミヤビはキレイだったって言ってきたんだよ」

「キャ！　そうだったんですね。私の生足も捨てたもんじゃないってことですね！」

「いや、冗談だよ。小林さんがミヤビのことをキレイとか言うわけないじゃん」

「なーんだ、ぬか喜びですか。で、ホントは何を話していたんですか？」

「今日のミヤビは迫力があったってさ。やっぱり、プレゼンテーションがよかったんだろうな」

「ホントですか？　キレイって言ってもらえるよりも、そのほうがうれしいですよ！」

ミヤビは、ハワイ旅行をキャンセルしたことは確かにショックだったが、今となってはこれまでのどんなときよりも真剣にプレゼンテーションを作成し、実際に自分で説明も担当し、満たされた気分になっていた。一方、梶田は、そんなミヤビを見ながら、なんとか案件を獲得できますように、と心の中で祈っていた。

第8章 ミヤビの結婚観、崩壊!? [デュー・デリジェンス]

1

ビューティコンテストから数日経ったある日の朝、梶田がミヤビの席に行くとミヤビは雑誌を読んでいた。

「ミヤビ」

「わっ！　先輩！　もう、席に来るときは来るって連絡してくださいよ～」

「そんなことをしたら、そうやってミヤビがサボっているところを取り押さえることができないだろ？」

「サボっているんじゃないんです！　休憩ですよ、休憩」

「休憩って今10時だろ？　今日はまだ何にも仕事していないんじゃないの？」

「もう！　この前のメリーちゃんのプレゼンで1カ月分ぐらい働いたんですから、少しぐらいいいじゃないですか～」

「ハイハイ。いつもそうやって口答えばかりだからな。ほら、平井さんのところ行くぞ」

「げっ！　また新しい仕事ですか？」

「さあな。とりあえず行くぞ。早くスリッパ履いて」

「は～い」

梶田とミヤビが平井の部屋に行くと、平井は秘書と何か会話をしているところだったが、二人に気がつくと言った。

「お、ちょうど来たな。フレンチ、イタリアン、焼き肉、寿司、何がいい？」

「ヤキニク～！」

ミヤビが間髪を容れずに答えた。それを聞いて平井が秘書に言った。

「ということだ。焼き肉で予約頼む」

それを聞くと秘書は平井の部屋を出ていった。そして、梶田が平井に聞いた。

「どうしたんですか？」

「コスメアーサーの案件が獲得できた」

「うっわー！　マジですか?!　最高っすね！」

「うん、だから今晩はそのお祝いだ」

「それで焼き肉なんですね！　やったー！　でも、いつメリー化粧品から連絡があったんですか？」

「ついさっきだよ。小林さんが電話をくれた」

「おお～！　じゃあ、ホントなんですね！」


大盛り上がりしていた梶田だったが、隣でミヤビが静かにしているのに気がついた。

「あれ？　ミヤビ？　どうしたの？」

ミヤビは梶田の質問には答えず、平井を見つめて言った。


「平井さん、本当に案件獲得したんですか……？」

「そうだよ。さっき言ったとおり、メリー化粧品の小林さんから連絡があったんだよ」

「そうなんですね……。よかったです……」

ミヤビは涙ぐんでいるようだった。そんなミヤビに梶田が言った。

「なんで泣いているんだよ?」

「私、うれしくて、うれしくて……。だって、この案件って、私が平井さんと先輩と一緒にやった初めての提案だったし、それに夏休みもキャンセルしたし……。いろいろと思い出が詰まった案件なんです……」

平井と梶田は何も言わず、ミヤビの涙が落ち着くのを待っていた。しばらくの沈黙のあと、口を開いたのはミヤビだった。

「すいません、私っていつも泣いていますね……」

「そうだよ、ミヤビはすぐ泣くんだから。ほら、メイクがボロボロになるぞ」

「いいんです、そんなこと! 先輩は感無量って言葉知らないんですか?」

「いや、単なる泣き虫だろ」

「違いますよ! もう、先輩の前では絶対に涙を見せませんから。ホントは女の涙が見られるなんて貴重なんですからね！」

そんな二人のやり取りを見ていた平井が言った。

「喜ぶのも泣くのもいいけど、まだ案件が獲得できただけで、この段階では俺たちには一銭も入ってこないからな。まずは焼き肉で豪勢にお祝いをして、そして、案件を成功させようぜ」

「ハイ」

2

朝は涙したミヤビだったが、焼き肉店に着くころにはすっかり元気になっていた。そして、ミヤビは初めての生きたM＆A案件を前にして興奮しており、いつもよりおしゃべりだった。

「私、なんだかすっごいワクワクしてきちゃいました」

「まあ、まだまだこれからだけどな」

「でも、M&A案件って、新聞の1面によく出るじゃないですか？　ああいうの見るたびにかっこいいな～、って思うんですよ。私もとうとう1面デビューの日が近いわけですよね！」

「いや、ミヤビは別にデビューしないよ。案件のニュースが載るかもしれないってだけで」

「いいんですよ、自分のことをかっこいいと思えれば何でも」


そんな会話をしながら、三人は賑やかに焼き肉を楽しんでいた。少し落ち着いたところで梶田がミヤビに言った。


「おし、ミヤビ。じゃ、これからの流れがどんなものかを教えておこう」

「いいですね～」

「まず、ミヤビが結婚相手に求めるものは何だ？」

「あ？　もしかして先輩、ちょっと酔っ払ってきて口説きですか？　M&Aの話をするのかと思っていましたけど」

「まあ、何でもいいよ。とりあえず答えてよ」

「えっとですね～。かっこよくて～、優しくて～、私を甘えさせてくれる人ですね」

「なるほど、分かった。でも、それだとその結婚は失敗するな」

「え?! どうしてですか?!」

そこで、そこまで二人のやり取りを聞いていた平井が会話に入ってきた。

「おいおい、梶田。あんまりミヤビを脅すなよ。こいつは恋に夢見る乙女ちゃんだからな」

「そうですよ、先輩！ 私は乙女ちゃんなんですよ！」

そう言うミヤビに、梶田は言った。

「乙女ちゃんなら、なおさら失敗しないコツを知っておくことが重要だろ？」

「まあ、そうですね。で、コツは何ですか？」

ミヤビはあっさりとまた会話に引き戻された。そんな様子を見て、梶田は続けた。

「まずは、どれぐらいの資産を持っているかを調査すること」

「そんなの当然ですよ。お金持ちがいいに決まっているじゃないですか？」

「おし。じゃあ、それはクリアだ。次は、逆に借金をいくら抱えているかを調査すること」

「うーん、それは難しいですね。でも、結婚する相手には、借金があるならキチンと結婚前に報告するんじゃないですか？」

「まだまだ甘ちゃんだね。今やサラリーマンでも、消費者金融から借金して合コンにいそしんでいるヤツも結構いるんだぜ。あとは、株式投資に失敗して大損失を抱えてしまったりとか。それに、そんなの結婚相手には言えないよ」

「うーん、でもそんなの一部ですよね。少なくとも、私が選ぶ男性は大丈夫なはず」

「でも、その大丈夫なはずという発想がまずいんだよ」

梶田は、M&Aでは基本的にすべてを疑ってかかるべし、ということをミヤビにキチンと伝えておきたかったのだった。ただ、借金ぐらいでは、ミヤビは全然大丈夫だと思っているようで、あまりピンと来ていない。

「じゃあ、たとえば隠し子がいたらどうする？」

「か、隠し子？　そんなのドラマの世界ですよ！　先輩、何考えてるんですか？」

「いや、結構いるらしいよ。いたらどうするよ？　ミヤビは認知するの？」

「そ、そんなの認知できませんよー！　絶対ムリ！　離婚ですよ、離婚！」

「だよな。最初から隠し子の存在が分かっていれば結婚しなかったもんな」

「そりゃ、そうですよ。でも、探偵でもつけないと、隠し子の存在なんて分かりませんよ」

「まあ、でも、隠し子が二人の存在を破滅に追いやるほどのインパクトがあるってことは同感だよな？」

「もちろんですよ」


ミヤビは完全に結婚話だと思ってドンドン話に夢中になっていった。それが梶田の狙いでもあった。そんな二人を平井はビールを飲みながらニヤニヤと見ていた。


「じゃあ、次は、女関係だ。夫が過去に騙した女やたぶらかした女が、ミヤビの家に嫌がらせをしたり、子供を誘拐したりするとどうする？」

「そんなのありえませんよ！　それってすごい極端なケースじゃないですかー！」

「いや、でも実際に世の中の殺人事件って、お金か色恋沙汰だよ。そういう理由での子供の誘拐事件も実際にあるし」

「そんな誘拐だなんて、離婚しても済む問題じゃないですよ」

「だよな。だから、結婚する相手の過去の女遍歴も非常に重要。キチンと調べろよ」

「って、そんなのまた探偵でも雇わないとムリですよ！」

「でも、友達への聞き込みとかである程度分かるだろ？　だからそういうのは怠ってはいけないわけ。あとは、もし結婚相手が犯罪者だったらどうする？」

「それもありえません!!　って、先輩の例って全部極端すぎ!!」

「そうなんだよ、全部極端なんだよ。でも、極端がゆえに、どれも結婚生活や自分の人生などをめちゃくちゃに破滅させるぐらいのインパクトはあるだろ？」

「大アリですよ！　大アリ！　もう、私の結婚に対する夢も粉々ですよ……。平井さん助けてくださいよ〜」


そう言われた平井が梶田に言った。


「おいおい、あんまりミヤビの夢を奪うなよ。それぐらいにしておいてやれ」

「あ、はい。分かりました。じゃあ、ミヤビ。M&Aに話を戻そう」

「はい」

「結婚は幸せになるためにするわけだろ？　でも、借金、隠し子、犯罪なんてことになると、不幸せになるために結婚したようなもんだよ。企業も今後の成長のためにM&Aをするわけだから、逆効果になるようなものが出てきては困るわけだ」

「そうですよね。当然です」

「でも、さっきの結婚話の例であったように、そういう大きな問題ってのは普通の状況ではあんまり起こらない。まあ、交通事故に遭うぐらいの確率だ。だから、別にわざわざ高いお金を出して探偵を雇わなくても平穏な日々を過ごせる可能性は高いと思う」

「そうですよ～」


ここまでは梶田の思いどおりの展開だった。本題はこれからだ。


「で、結婚なら最悪自分が困るだけだけど、企業の場合は地雷を踏むと倒産してしまう危険だってある。倒産すると、働いている社員が路頭に迷うし、お金を貸し出している銀行も困る。そして、取引先も売掛金が回収できず、株主も大損する。つまり、大勢の関係者がすごく困って、しかも、場合によっては日本経済全体に悪影響を及ぼす可能性だってある」

「あ、確かにそうですね。それは大変だわ」

「だから、企業がM&Aをする場合は、そういう地雷がないかどうかというのを徹底的に調べるんだよ」

「なるほど～。そこでやっとM&Aに話が戻ってくるわけですね」

「そう。もちろん全部は調べ切れないけど、調べられるものは全部調べるんだよ。そのためには調査機関に高いお金を払うし、相手企業に関する資料はくまなく目を通して、地雷がないか確認するわけだ」

「う～ん。大変そうですね～。だって、地雷が存在する危険性って低いわけですよね？　だからそもそも見つからない可能性も高い。でも、十分安心できるまで調査するってことですよね」

「そのとおり」


ミヤビは徐々にM＆Aの本質が分かってきたようだった。ただ、まだミヤビはその中での自分の役割をはっきりとは認識していないようだった。そして、梶田は続けた。


「アスベスト問題って知っているか？」

「はい。昔、建築物とかに使われていた素材ですよね？　それを吸い込むと病気になっちゃうってことで……」

「そう。当時はアスベストが体に悪いとは分かっていなかったわけだ。むしろ便利な素材として珍重されていた。でもそのせいで、あとになって訴訟を起こされたりしている。訴訟や補償問題は数十年後の今もまだ続いているんだよ。もし合併先や買収先の企業がそんなリスクを抱えていると今後、非常にまずいだろ？」

「それは、まずいですね……」

「他にも特許侵害とか従業員への未払い賃金の問題とか、小さいものから大きいものまで挙げればキリがない。だから、そういうのを専門的に扱う弁護士もM&Aには登場したりするんだよ」

「すごいマニアックですね……」

「それに、問題のない人間が世の中に存在しないのと同じように、問題がない企業なんて世の中存在しないんだよ。だから、買収しようとするときにどれぐらいの問題までなら受け入れることができて、受け入れることができないか、その判断を下すアドバイスも俺たちはやるわけだ」

「はい……。M&Aって想像よりも全然大変なんですね」

「そう、大変。でも、それだけ大変な分、いざ案件が成立したときの喜びは大きいよ」

「そうですか……」

「どうしたのさ？　そんなに落ち込んじゃって。M&A、やりたかったんだろ？　新聞の1面を飾りたいんだろ？」

「ええ、そうですけど……」

「おいおい、そんなにしょげるなよ。どれだけ俺たちの仕事が重要で大変かってのを知ってもらおうと思っただけだからさ」

「分かりました……」

3

さっきまで元気だったミヤビは、梶田の話を聞いて少し沈んでしまっていた。雰囲気を察知してか、それまで黙って二人のやり取りを聞いていた平井が言った。

「おっと、ほら、話し込んでいるうちにこの辺の肉、全部焼けているぞ。ほら、ドンドン食べろ」

「あ、ハイ。そうですよ～。先輩がそうやって私のことを脅すから、すっかりお肉のこと忘れてしまっていたじゃないですか！　もう！」

梶田もちょっとやりすぎたかもしれないと思ったので、つとめて明るく返答をした。

「あはは。ごめんごめん。おっと、タレがなくなっちゃったな。すいませーん！　タレください！」

「あ、タレはこれ、私のやつ使っていいですよ」

「そう？　じゃ、使わせてもらうよ」

「でも、ちなみにそのタレで食べると先輩と私は間接キスですから。ウフフ」

ミヤビも明るく振る舞って見せたが、初めてのM＆Aを目の前にしての興奮と、梶田から聞いた話による不安と恐怖心とが入り混じったような感覚になっていた。

第9章

若い二人は書類に埋もれる

［企業価値］

1

1週間ほどすると、コスメアーサーの売却アドバイザーであるグレートアメリカン証券から、コスメアーサーに関する内部資料が送られてきた。「Confidential（社外秘）」と大きく書かれた資料は、全部で70ページほどのもので、コスメアーサーの事業内容、収益状況、組織の状況、商品の特許に関する情報などがまとめられたものだった。

送られてきた資料には今後の流れが説明してあるカバーレターと、一次入札に関しての指示書も含まれていた。「Dear Sirs」という書き出しで始まる入札指示書は、日本語にすると次のような内容だった。

この度はコスメアーサーの買収機会をご検討いただきまして誠にありがとうございます。グレートアメリカン証券は当案件の売却側アドバイザーを努めさせていただいており、１次入札に関しまして以下の通りご連絡申し上げます。

１次入札締切日時：2006年10月20日（金）
17時まで（アメリカ西海岸時刻）
入札ご提出形式：電子メール、またはファックスにて送付
ご提出先：グレートアメリカン証券　リチャード・トムソン

ご提出いただく書類では、以下に関する貴社のお考え、ご方針をご教示いただければと思います。

・買収形式（株式交換、現金）
・貴社内での本件検討レベル（例：経営会議での承認済み、役員会承認済みなど）
・買収希望価格レンジ
・買収対価が現金の場合は、予定されている現金の調達手法
・最終入札ご提出までに必要となる追加情報リスト、及びデュー・デリジェンス内容
・従業員の引き継ぎに関するご方針
・１次入札の内容に関するご担当者のご連絡先（アドバイザーでも可能）

コスメアーサーは１次入札後に限られた数社とデュー・デリジェンスのプロセスに進む予定です。デュー・デリジェンス以降のスケジュールに関しては、１次入札後にグレートアメリカン証券よりご連絡させていただきます。

なお、コスメアーサーは、いかなるときも1または複数の買収希望者と交渉し、他の買収希望者に事前の通知なく、本件売却について最終的な合意を締結する権利を留保するものとします。またコスメアーサーは事前の通知なく、本件売却の手続きを変更し、または本件買収について拘束力のある契約が締結される前のいずれの段階においても、交渉を終了する権利も留保するものとします。

では、よろしくご検討のほど、お願い申し上げます。

マンハッタン証券の三人はメリー化粧品を訪問し、今後の戦略を相談することにした。一次入札は2週間後ということだったので、あまり時間はない。メリー化粧品の財務戦略部長の小林が言った。

「この一次入札ってのはどれぐらいの企業が通過できるんですかね？」

「基本的には御社が支払ってもいいと思っている買収価格と、コスメアーサーが欲しいと思っている価格とがあまりに離れていないかを確認するためのものです。ですので、よほど大きな乖離がない限り、一次入札で落とされることはないですよ」

平井がよどみなく答えた。それに対して、小林が苦笑いをしながら言った。

「なるほどね～。しかし、先方が一方的に交渉を中止する可能性があるとか、他の企業と案件を進めてしまうかもしれないとか、なんだか高圧的ですね」

「まあ、これは常套句ですので、気にする必要ないですよ。我々が売却側アドバイザーを務める際もこんな文言は使いますし、それに買収してしまえば御社の子会社になるわけですので、立場は逆転しますよ」

「まあ、そうですね。ちなみに、どのレベルで検討したかを知らせろとありますが、これはなぜ必要なんでしょうね？」

「たとえば企業のトップでない担当者レベルだけで話を進めている場合は、あとで役員に話を上げたときにひっくり返る可能性がありますので、先方としては、買収の検討が役員レベルも含めて、キチンと社内でゴーサインが出てやっているというのを確認したいんですよ」

「なるほど。しかし、今回出てきたこの70ページの資料は、ページ数は十分だけど、中身はほとんど知っていることばかりですね。もっと情報をもらえませんかね？」

「ええ、残念ながら今回はこれ限りですね。売却が不成立に終わった場合は、今まで交渉していた相手、情報開示をしていた相手が再び競合他社になるわけですので、情報の出し惜しみをするのが常です」

「まあ、確かにそうですね。自分が売却側なら同じことをしますよ。つまりは、この一次入札で冷やかし半分の企業とか、希望価格と買収価格の乖離があまりに大きい企業とはおさらばするってことですね」

「はい」

小林は、一呼吸置いてミーティングに同席していた社内のスタッフに聞いた。

「うちは従業員も基本的には引き継ぐんだよね？」

「ええ、若干業務に重複がありますし、買収後は当社の米国法人と合体させる必要もあるかと思いますので、人事異動は結構出ると思いますが、人員削減はしないつもりです」

小林がうなずくと、平井が続いて発言した。

「あとは、買収形式ですが、ご存じのとおり日本企業と海外企業ではまだ株式交換でのM&Aができませんので、自動的に現金での買収になります。あと残るのは買収価格と資金調達方法ですが、一応当方で入札書類のサンプルを作成しましたので、ご覧ください」

平井の言葉に続いて、梶田が事前に用意しておいた入札レターのコピーをみんなに配って回った。そこには、買収金額が9億〜11億ドル、資金調達方法は株式の発行、もしくは借入金による、と書いてあった。それを見て、小林が平井に言った。

「ええ、まあ、こんな感じですね。価格はこれで一次入札は通りますかね？　まあ、当社としては9億ドルがベスト、現実的には10億ドルぐらいかな、とは思っていますが」

「ええ、問題ないでしょう」

「ちなみに11億ドルだと高いと思っていますが、それでも上限は11億ドルで出したほうがいいですか？　まあ、11億ドルでも買収しなくはないでしょうが」

「ええ、載せておいたほうがいいですよ。もちろん一次入札を通りやすくする意味もありますが、社内的にも数字は独り歩きしますから、11億ドルを見せておいたほうがいいです」

「と言うと？」

「やはり我々も最終的な買収金額は9億〜10億ドルぐらいに落ち着くと思っています。ただ、いくら一次入札のレターとはいえ、これに9億〜10億ドルと書いておくと、最終的に買収金額が10億ドルになったときには、御社社内で高い値段で買わされたと思う人が出てくるかもしれませんからね」

「確かにそうですね」

「ですので、まだ一次入札ですし、11億ドルまで見せておいていいと思います」

　平井はさすがに経験豊富なだけあって、小林に対する受け答えが的確だった。そういうやり取りは、ミヤビにとって非常に勉強になるものだった。小林が続けて発言をした。

「あと、資金調達方法は、やはり当面はつなぎ融資という形で借入金で調達し、買収が完了してから新株発行を行って一部つなぎ融資を返済する形を取ろうと思います」

「ハイ、それでいいと思います」

2

一次入札で提示する条件が大体固まり、その日に協議すべき内容は終了した。帰りのタクシーでミヤビが梶田に質問をした。

「小林部長も言っていましたが、先方が他の会社と交渉を進めてしまう可能性があるとか、途中でやめる可能性があるとかいうのが気になるんですが、こういう文言は一般的なんですか？」

「M&Aの交渉を進めていく過程では、最終的に必ず売却されるわけではなく、途中で企業の方針が変わって売却が取りやめになることも当然あるからね」

「どうしてですか？」

「まあ、一番よくあるのは価格が折り合わずに頓挫するケース。あとは、売却側企業の戦略が変わったり、市況が変わったり。俺が4年ぐらい前に担当していた案件でも合意直前で親会社の戦略が変わって、売却が取りやめになったことがあったよ」

「え？　そうなんですか？」

「うん、最悪だったよ。買収を検討していた企業はみんな時間が無駄になったし、弁護士費用や会計士費用なんかも全部無駄だからね。でも、そういうときに買収を検討していた企業からそういう費用を払ってくれと損害賠償でも起こされたら、たまらん、ということであういう文言は必要なんだよ」

「なるほど〜」

「でも、大体は損害賠償条項ってのが基本合意書には入っているから、合意書にサインをしてしまった後に契約を破棄すると、自然と損害賠償が発生するけどね。まあ、この案件が進むと自然とそういうものを目にするようになるよ」

「分かりました。ところで、一次入札ですが、メリーちゃんは大丈夫でしょうか？」

「大丈夫だよ。そもそも今回の案件は買収候補者が多くはないし、価格面でも十分先方の条件に見合っていると思うよ。ですよね？　平井さん」

「うん、そうだね。まあ、ミヤビはワクワクしていてくれればいいよ」

「ホントですか?!　じゃあ、私はめいっぱいワクワクしていますね！」

3

翌日、コスメアーサーの売却アドバイザーであるグレートアメリカン証券から、メリー化粧品が一次入札を通過したという連絡が入った。平井や梶田の想定どおりだったが、ミヤビは内心一次入札に落ちたらどうしようとビクビクしていたので、梶田からその報告を受けた時は大げさに喜んだ。


「先輩！　新聞の1面デビューの日が近づいてきましたよ！」

「まだまだ先の話だよ。でも、またしばらくは夜中の2時、3時まで働く日が続くことになるぞ」

「大丈夫ですよ。だって最近はちっとも彼氏とかができそうな雰囲気もないですし、そもそも彼氏候補とも出会いませんしね」

「お、それはかわいそうに」

「ま、でも、私は毎日先輩とデートしてますけどね、会社で」

「ハイハイ、俺なんかがお相手ですいませんね。でも、デュー・デリジェンスが終わると少しは落ち着くだろうから、それまでの辛抱だよ。もうちょっとがんばってよ」

「ハーイ。じゃ、それまでは先輩でガマンします」


デュー・デリジェンスとは「精査」の意味で、買収先企業を調べ上げるプロセスを意味する。一次入札に通過して本当にその会社を買収するという過程に入ると、買収先企業に関する本格的な調査が必要となるため、メリー化粧品の関係者総出で対応する必要がある。また、専門家の意見が必要なので、会計士や弁護士も本格的に稼働する。

「おし。じゃあ、早速作業を開始するか？」

「ハイ！」

「まずは数字関連の資料を全部プリントアウトしてもらえるかな？　結構量があると思うからセクレタリーに手伝ってもらったほうがいいと思うけど」

「分かりました」

プリントアウトするぐらいちょろいもんだと思っていた資料は、財務、経理関連だけでも膨大な量で、ダンボール1箱分ぐらいはあった。途中で不安になったミヤビは、梶田のデスクに行った。

「先輩……。すっごい量があるんですけど……」

「うん、だから言ったじゃん、すごい量があるよって」

「こんなだとは思いませんでした」

「まあ、初めてのことだし仕方ないな。じゃあ、重要なモノと重要でないモノに分けて、買収価格算出に必要そうな書類を見ていくかな。書類はどこにある？」

「あっちのミーティングルームに入れておきました」

「分かった。じゃあ、しばらくこもるか。パソコン持って一緒に行こう」


今まで入手可能だったデータは全体の売上高に関するものが中心だったが、今回入手した詳細なデータから、具体的にどんな商品がどの地域で売れているかといった情報が分かった。コスメアーサーの売上高は全社では6億ドル程度だったが、売上げの半分はアメリカで、残り半分を中南米で上げていた。

実際にコスメアーサーから出てきた地域ごとの売上高をエクセルで整理してみると、売上高の大きい地域から非常に小さな地域まで結構ばらつきがあった。


「先輩、エクアドルとベネズエラとペルーが、コスメアーサーの強い地域なんですね」

「うん、一方で、ホンデュラス、プエルトリコ、ニカラグアなどでは苦戦しているから、これらの地域は一度撤退したほうがいいかもね」

「あとは、ボリビア、アルゼンチン、ブラジル、チリが中途半端な規模ですけど……」

「うん、ある程度追加でプロモーションかけて、テコ入れしないとね」

「どれぐらいの追加コストが必要でしょうね」

「うーん、そうだなあ……。あ、そうそう、こういう今の俺たちの議論、メモしておいてよ。全部買収金額に反映されることになるから」

「ええ!?　そうなんですか？　早く言ってくださいよ」

「そりゃそうじゃん。だって、ある地域から撤退したらその分収益は下がるし、追加でプロモーションコストをかけるとその分の費用が上がるんだから、買収金額で調整しないと意味がなくなるだろ？」

4

梶田とミヤビは、地域や商品ごとの予想収益表を作り上げていった。その予想収益表は、コスメアーサーから提供されたものとは異なったものとなるが、メリー化粧品が買収したあとはこの事業計画を基に経営されるため、この新たな収益予想が買収金額算定の際に使われるものとなった。


「さて、今日の予想収益を基に、もう一度買収金額を弾いてみようか」

「そうですね」

ミヤビは、前に梶田から教わったＤＣＦ法という、将来のキャッシュフローから企業価値を計算する手法を使って予想収益のデータを計算し直した。一部事業の撤退を加味しているので、予想買収金額は少し下がったが、それでも９・０億〜９・５億ドルになった。

「これに、メリー化粧品の米国事業とコスメアーサーの米国事業の統合効果が乗っかるから、最終的には９・２億〜９・７億ドルぐらいが買収価格って感じじゃないかな？」

「統合効果って具体的にはどういうものですか？」

「ん？　工場の統合がひとつ。多分、工場をどこかひとつ閉めることになると思うんだ。あとは、商品の共同配送、相互販売、間接部門の共有とかね」

「なるほど。コストが下がって、売上げが上がるわけですね」

「そう。Ｍ＆Ａをするメリットって結局これなんだよね。まあ、うまくいけばだけど」

そこまで話した時にミーティングルームの電話が鳴った。

「ちょっと平井さんの部屋に行ってくるよ。他の書類にもザーッと目を通しておいて」

そう言って梶田は部屋を出ていった。そして、ミヤビは他の書類に目を通しはじめた。

「コスメアーサーの各従業員の名前や給与、入社年月日まであるなんて……。それに、オフィスのレイアウト図、従業員規定、工場の諸規定……。こんなの誰が全部目を通すんだろ……。もしかして私たち……?」

ミヤビはゾッとした。

「ちょっと待って。ホントに? だって買収金額の算出だけでも大変なのに。他にはと……。行政や他の業者と交わした契約書、そして特許の申請書かあ。うーん、キリがないんだけど……」

そう思っていると梶田が部屋に戻ってきた。

「先輩。この書類ってまさか全部私たちが目を通すんですか……」

「うん、ある程度はな。それよりも、ミヤビにいい知らせがあるぞ」

「え?! 何ですか?!」

「2週間後のコスメアーサー本社への訪問に、ミヤビも同席していいことになった」

「キャ！　じゃあ、私もアメリカ西海岸に行けるんですか？」

「うん、平井さんがミヤビにも経験を積ませてくれるってさ」

「わーい！　やったー！」

第10章

うれし恥ずかしアメリカ行き

［海外出張］

1

ミヤビは、ビジネスクラスの窓側の席から外をぼんやり眺めていた。ちょうど飛行機は、滑走路から離陸体勢に入ろうとしているところだった。

「こうやって、ビジネスクラスに乗ってバンバン海外出張。そこでかっこよくパソコンを広げる私。まさに、こういうビジネスシーンに憧れて外資系証券会社に入社して、今まで歯を食いしばってがんばってきたのよね……」

ここ数カ月間、コスメアーサー案件のために昼夜がむしゃらに働いてきたミヤビにとって、飛行機の中は久しぶりに解放された時間となり、ぼんやりと物思いに耽っていた。思い返せば3年前、大学生だったミヤビは、恋も仕事も充実したかっこいい生き方をする女性になりたい、と思って就職活動をしていた。そして、マンハッタン証券・投資銀行本部に入社したのだった。

「あ〜、でも私って甘かったな。憧れだけで入社しちゃったから、ホント、いろいろ大変だったなあ。もう、最初は知らないことだらけだし、みんな怖かったし……」

入社以来、ミヤビは予想以上に苦労した。やはり、事前にファイナンスの知識がほとんどない新卒の文系女子が働くには、生易しい環境ではなかったのだ。

「先輩がいなかったら、私、この会社、辞めていたかも……。今回の出張はミスをせず、メリー化粧品の人たちや先輩や平井さんにも喜んでもらわないと……」

ミヤビはあらためて、隣に座っている梶田の存在に感謝していた。梶田の前ではできるだけ元気に明るく振る舞っているが、今でも分からないことに直面すると、ミヤビは内心ビクビクして仕方ない。

「先輩……」

隣の席の梶田を見ると、離陸前からすでに眠りに落ちていた。そして、ミヤビも食事のサービスが出てくる前に深い眠りに落ちてしまった。二人とも働きづめで極度の睡眠不足だったのだ。

2

コスメアーサーを訪問する目的はおもに2つ。ひとつはコスメアーサーの工場や倉庫という設備を実際に目で見て確認すること、そしてもうひとつは先方とメリー化粧品の経営陣同士でのミーティングを持ち、両社間での協議の場を持つことだった。メリー化粧品からは総勢10名程度のメンバーが、今回のアメリカへのデュー・デリジェンスツアーに参加していた。

一行は、まずはコスメアーサーの工場を訪問した。工場に到着するとミーティングルームに通され、当日の予定の説明を受けた。先方の説明者はコスメアーサーの工場長と、売却企業側のアドバイザーを務めているグレートアメリカン証券会社の担当者だった。

「工場のスタッフで今回の企業売却案件について知っているのは、工場長である私と他数名だけであり、一般のスタッフは誰も知りません。今日のみなさんによる工場見学も、会計監査に特別に必要なモノと説明しておりますので、スタッフにインタビューしたりしないようにお願いします。また、質問なども、スタッフが近くにいる環境では、あまり受け答えができませんので、一通り見学が終了した段階でまとめてこのミーティングルームでお受けできればと思います」

そうして生産ラインの見学ツアーが開始された。ロボットだけで行われる工程もあれば、人が一つひとつの商品を手に取って作業している工程もあり、このような工場見学は小学校の社会科見学以来となるミヤビにとってはどれも新鮮なモノであった。

「あれ？　この生産ラインは止まっているのですか？」

動いていない生産ラインの前で梶田が工場長に聞いた。

「ああ、そのラインはもう古くなってしまったので、今は使っていません。新しいものと入れ替えようとしているところです」

「分かりました」

「他にもいくつか動いていないラインがありますが、休憩時間だったり、処理作業の交代タイミングだったりというのが理由で、特に作業が滞っているということではありませんので、あまり気にしないでください」


工場長とそんなやり取りをしたあとに、梶田がミヤビに言った。


「こういうデュー・デリジェンスのときには、工場をよく見せようといろんなお化粧をするんだよ」

「お化粧ってどういうことですか？」

「買収金額を吊り上げるために、普段は動いていない生産ラインもデュー・デリジェンスツアーのときだけは動かして、いかにも生産性の高い工場に見せかけたり、普段はプラプラしている労働者も俺たちが見ている間だけはまじめに働かせたり」

「へ〜、そういうこともあるんですね。じゃあ、この工場は大丈夫ですかね？　さっきのライン、止まっていましたけど」

「うーん、どうだろうね。さっきの工場長の答えではＯＫということだったけど」

そこまでのやり取りを聞いていたメリー化粧品の担当者が、梶田とミヤビの会話に割って入ってきた。

「大丈夫ですよ。あれぐらいのレベルならよくあることだし、うちの日本の工場でも、普段のときと監査が入るときや本社の偉いスタッフが来るときとでは、スタッフの働き度合いは全然違いますよ」

「そういうものなんですね。私も何度もこうやって工場見学に同行していますが、どの程度が大丈夫なのかは、私たちみたいな証券会社の人間にはなかなか分かりづらいんですよね」

そう梶田が返答すると、ミヤビも隣でうなずいていた。このような形で生産ラインを一通り見て回ったあとは、ミーティングルームに戻って質疑応答の時間となった。従業員や労働組合の状況、工場の稼働状況などの質問のあとに、メリー化粧品側からミヤビが予想していなかった質問が出てきた。

「あとは、環境対策と土壌汚染の可能性についてお話を伺いたいです。次に、この工場の拡張性についてと、周辺の土地の所有権や行政上の規制などについてお聞かせください」

それらの質問がなされた時に、ミヤビは隣の梶田に耳打ちをした。

「環境問題とか工場を拡大するときの可能性なんて、私なら思いつかないですよ。さすがですね」

3

工場を見学したあとは、次の目的地である郊外の倉庫に移動した。倉庫に移動する車中で、ミヤビはメリー化粧品の米国法人で生産ラインを担当しているジェフの隣に座った。ジェフはミヤビとは初対面だったが、ミヤビが英語に堪能だと分かると英語でいろいろと話しかけてきた。


「ミヤビはよく、こういう工場視察に同行するの？」

「いや、実は初めてで……」

「あ、そう？　印象はどう？」

「うん、面白いですね。私たちにとっては普段経験することがない分野ですから」

「そっかー、そうだよな。俺たちにとっては毎日見ているようなものでも、他の人から見てみるとそう映るよな」

ジェフは数年前からメリー化粧品の米国法人で働いているということだったが、それまでにいくつかの米国企業の工場で働いた経験があり、今回のデュー・デリジェンスではコスメアーサーの工場のクオリティをチェックするために、特別にヘルプ部隊としてメンバーに加わっていた。一通り、たわいもない会話をしたあとで、ジェフが声を潜めてミヤビに聞いてきた。

「ところで、今回の買収案件、トーキョーはどれぐらい本気なの？」

「え？」

「まあ、答えられないことは答えなくてもいいよ。俺たちはとにかく上からの命令で今回の工場視察を行って、見た内容をそのままトーキョーに報告するだけだからさ」

買収案件の話は、情報が社外に漏れると大変なので、社内でも少数の人間しか知らずに行われていた。したがって、ジェフのようなデュー・デリジェンスの担当者は、自分のやるべきことだけは知らされているが、買収案件の詳細や進捗状況などの全容に関してはあまり報告を受けていなかった。ミヤビは、少し迷いつつ答えた。

「どれぐらい本気と言われても……。でも、おそらく相当本気で、むしろ買収ができないと困ると思っているみたいですけど……」

「そっかー」

その後、ジェフが黙ってしまったので、ミヤビは話題を変えてみた。

「工場の印象はどうでした？」

「うん、悪くなかったよ。というより、むしろよかったと思う。他のメリー化粧品のメンバーがどう思っているかはまだ聞いていないけど、おそらくよかったんじゃないかな？」

「ええ、さっきちらっと話した感じでは悪くはなかったみたいです」

「だよな……」

「どうしたのですか？」

「ん？　いや、ここだけじゃなくて他の工場もなんだけど、コスメアーサーの工場のほうがメリー化粧品がアメリカで持っている工場よりも立派なんだとよね」

「ホントですか？」

「メリー化粧品は日本でのシェアは高いけど、アメリカではあまりシェアは高くなく、むしろコスメアーサーのほうが高いからね。アメリカもメキシコも、コスメアーサーにとってはホームグラウンドだし、そのエリアの工場で見劣りするようじゃ買収の対象にもならないでしょ」

「なるほど〜」
「だからこの買収案件が成立したあとは、今のメリー化粧品のアメリカの工場では、統合のために閉鎖されるところが出てくると思うんだな」
「そうなんですね……」
「メリー化粧品の米国法人とコスメアーサーが統合した場合は、生産能力が売上げを上回って相当余りそうだからね。もし俺がいる工場が閉鎖になったら、俺の職もどうなるか分かんないよ……」

ミヤビはどのように答えたらいいか分からなかった。

「まあ、極端な話だけどね。だから、トーキョーがどのように考えているか、ちょっと気になってね。でも、心配しないでいいよ。今日見る工場や倉庫の報告書は、キチンと正直な感想を書くから」

そう言ってジェフは軽くウィンクしたが、ミヤビの頭の中にはジェフの言った「トーキョー」という言葉が残った。

4

翌朝は、9時からコスメアーサーの経営陣によるプレゼンテーションが行われた。内容としては今までの情報と重なる部分がたくさんあるが、実際に目の前で説明を受けて、その場で質問ができることのメリットは大きい。先方のCEO（チーフ・エグゼクティブ・オフィサー）が冒頭に言った。

「本日は遠路はるばるようこそおいでくださいました。この日を非常に楽しみにしていました。今日は最初に私から、当社の全体的な概要と今後の成長戦略に関してご説明します。その後は、お手元のスケジュール表に基づいて進めていきます」

スケジュール表は次のようになっていた。

・CMO（チーフ・マーケティング・オフィサー）によるプロモーション戦略
・R&D担当者から商品説明と研究開発について
・営業担当者によるセールス戦略

（途中10分休憩）

・CAO（チーフ・アドミニストレーション・オフィサー、管理部門長）による人事や総務の概略

・海外事業担当者から中南米事業に関する報告

・CFO（チーフ・フィナンシャル・オフィサー）による収益・財務の状況

（終了予定12時）

午後からは、コスメアーサーとメリー化粧品のメンバーが職種ごとにグループに分かれて、グループごとの細かい質疑応答が行われることになっていた。また、追加要求していた資料や追加質問のうち未対応になっているものを、まとめて解決してしまうという場であった。

マンハッタン証券からは、平井が経営陣グループに同席し、梶田とミヤビ、それに弁護士と会計士は経理・財務・法務グループに同席した。梶田とミヤビのグループでは、最初に会計士を中心に数字の細かいところの確認を行い、後半には弁護士を中心に法務関連の問題点を詰めていく作業をしていくことになる。

「先輩。あの弁護士さん、特許問題で執拗に質問を繰り返していますね」

「うん、何点か気になるところがあるみたいだよ。でも、全部買収にストップをかけるようなものではなくて、最終的には契約書の表明保証項目や損害賠償条項でカバーされるから大丈夫だと思うけどね」

「表明保証……?」

「ま、契約書の段階になったらまた教えてやるよ。それよりミーティングに集中しろ」

M&Aでは特許周りは重要であり、買収したあとに実は特許が取れていなかったとか、または、どこか別の会社から特許侵害で訴えられたりすると、想定外のコスト発生となる。そのようなことが起こる可能性はない、と先方に契約書に明記させ、もし何か問題があった場合には買収側が損害賠償を請求できるようにしておくのが通常である。

5

夕方の4時にすべての行程が終了し、メリー化粧品のメンバーはいったん解散して、6時にロビーに集合して夕食に出かけることとなった。夕食の席ではテーブルが3つに分かれていたので、平井、梶田、ミヤビは別々のテーブルに着席した。夕食の冒頭に、メリー化粧品の松下専務が全員に向かって簡単な挨拶をした。

「えー、今回はみなさん、お疲れ様でした。今後のスケジュールといたしましては、来週中にみなさんから報告書を提出していただき、その後、全体会を行いたいと思います。それが終わりますと、財務戦略部、経営企画部以外の方はいったん当案件からは解放されます」

みんなうなずきながら聞いている。松下は続けた。

「最終入札に関しては、引き続き財務戦略部、経営企画部、そしてマンハッタン証券さんとで買収金額や資金調達方法などを詰めまして、最後に役員会で承認を得てから入札を行います。買収できるかどうかはマンハッタンの平井さんによりますと五分五分だそうですが、とりあえずは本日までみなさん、お疲れ様でした」

ミヤビは平井と梶田と異なるテーブルに一人で座っているのが最初は不安だったが、隣に座っていたメリー化粧品のマーケティング担当の女性がミヤビにいろいろと話しかけてくれたので助かった。そして、酔いも少し回ってきたあたりで彼女がミヤビに聞いた。

「ねえねえ、ミヤビちゃんって彼氏いるの？」

「え?!　いませんよー。毎日毎日会社に缶詰めになってますので」

「梶田君は?」

「先輩もいないんじゃないですか? 働き虫ですから」

「じゃあ、二人で付き合えばいいんじゃない? 二人はなんだかとってもお似合いよねって、うちの社内では評判なのよ」

「え?!」

「案件がうまくいったら、買収成功祝いと、ミヤビちゃんと梶田君の付き合いました報告会、ってことになっちゃったりしてね。ウフフ」


ミヤビは恥ずかしさで体中が熱くなった。そして、今の会話が梶田に聞かれたのではないかと思い、慌てて隣のテーブルを見たが、梶田はテーブルのみんなと大いに談笑している最中であり、まったく気づいていない様子だった。

第11章

ミヤビ、大粒の涙のわけは……。［契約書］

1

最終入札提出まであと1週間を切ったある日の午後、メリー化粧品のミーティンググループでは、弁護士、メリー化粧品のメンバー、そしてマンハッタン証券の三人が売買契約書に関して議論していた。

売買契約書に関しては、まずはコスメアーサー側から契約書のドラフトが送られてきた。その内容は当然、コスメアーサー側に有利な内容となっている。その契約書に対して、メリー化粧品が希望する修正点や追加で必要な点を記入し、最終入札提出時に一緒に提出することになっていた。

「では、レップス&ワランティについて相談しましょう」

弁護士がそのように言うと、ミヤビが小声で梶田に聞いてきた。

「先輩、レップス&ワランティって何ですか?」

「Representations & Warrantyの略で、日本語では『表明と保証』ってことだね。先方経営陣にウソはついていません、って保証させるわけ。つまり、存在するものは存在する、存在しないものは存在しないって、保証させることだよ」

「じゃ、すごい重要ですね」

「そう。重要」

「もしウソが発覚した場合はどうなりますか?」

「損害賠償になる」

「なるほど~。で、そのレップス&ワランティではどんな項目に対してウソはついてません、って言わせるのですか?」

「あらゆるものについてだけど、たとえば環境問題。コスメアーサーの経営陣が、工場の環境汚染はないって言っているけど、もしかするとホントは存在して、ただ隠しているだけかもしれない」

「それは困りますよね」

「うん。だから、まず、先方経営陣に『環境汚染は存在しません。私たちが保証します』って紙に書かせるわけ。で、もしその保証内容がウソだった場合、つまり、環境汚染が存在した場合は『損害賠償でいくらまで支払います』って書かせるわけ」

「なるほど。じゃあ、環境問題があっても、その分の費用は先方の経営陣から奪い取れるわけですね」

「うん、でも一部だけどね」

「え？　どうして一部だけなんですか？」

「損害賠償条項には大体上限があるんだよ。たとえば1000万ドルを上限とするとか、売却金額の何％までとか。上限がないと、向こうも不安でしょ？」

「なるほど～。で、その上限の金額ってどうやって決まるものなんですか？」

「それは全部交渉。いくらって決まった金額はないんだよ」

「面白いですね」

「面白いと思えているうちがハナだよ。交渉は大変だからね」

　M&Aでは、買収金額は当然重要だが、この売買契約書の内容も非常に重要となる。

「先輩、環境問題以外ってどんなのがありますか？」

「それは今から議論するけど、ありがちなのは隠れ借金とかだね」

「うわー、友達のおじいちゃんみたい」

「え？」

「友達のおじいちゃんがこの前亡くなって、その後、おじいちゃんが多額の借金をつくっていたことが分かって。友達の家族がすごい困っているんですよ」

「世の中大変だなあ」

「ですね。ところで、先輩、今日って何時間ぐらいかかるんですか？」

「夜遅くまでかかるだろうね。まずは重要なところをカバーして、その後は契約書を一文一文みんなで読みながら、文言を確認して修正していくからね」

「え?!　これ全部一文一文全員で読んで確認するんですか？　１００ページもありますよ」

「もちろん全部確認するさ。だって、この契約書が売買内容のすべてなんだから。少しでも不備があればあとで困る。たとえばこの時計」

「あ、この前先輩が買った新しい時計ですよね。それ、30万円ぐらいしたんでしたっけ？」

「そうだよ。で、この前の週末に止まっちゃったから修理に持っていったんだよ。保証期間だったので、タダで修理してもらえると思っていたら、修理代に3万円もかかるって言うんだよ」

「え？　どうしてですか？」

「その修理内容は、保証対象外だって言うのさ。そんなのおかしいって言ったら、向こうは保証書を取り出して俺に見せるわけ。すると、保証対象外の修理がきっちりと書いてあるわけさ」

「わー。じゃあ、その一文が威力を発揮しちゃったわけですね」

「そう。たかが一文、されど一文。だから契約書は一文一文が重要なんだよ。それに、いくら契約書に書いてあっても、誤解を生むような表現は削除しないといけないしね」

「なるほど～。やっぱ重要なんだ」

結局、梶田の言っていたとおり、ミーティングが終わった時には開始から8時間も経っていた。ミーティングの最後にメリー化粧品の小林が言った。

「では、これで契約書に対する当社のコメントは全部出揃いましたね。これを弁護士事務所で修正していただき、最終入札に提出しましょう。あと残っている作業は、買収金額の最終決定だけですね」

そう言って、小林は平井のほうを見た。それに対して、平井が答えた。

「ハイ、そうですね。木曜日に、マンハッタン証券としての最終的な買収金額に関する提案書をお持ちします」

「ありがとうございます。その提案書をそのまま金曜日の役員会での提出資料とさせていただきます。役員会で買収金額を決定し、その日の夕方にコスメアーサーに対して、当社の最終入札を提出するという流れですので、なにとぞよろしくお願いいたします」

2

オフィスに戻った三人は買収金額に関して議論をした。梶田が平井に聞いた。

「メリー化粧品以外の買収候補者はどれぐらいの価格を提示してきますかね？」

「うーん。よくても9・5億ドルぐらいじゃないかな？　メリー化粧品の場合は、買収後にほとんどリストラしなくていいから、リストラ費用がかからないけど、他の企業の場合はリストラが必要となって、その分の費用が重くなるし」

「ですよね」

メリー化粧品以外の会社がコスメアーサーを買収する場合は、どれぐらいの金額で買収してきそうかということに関しても、梶田とミヤビは資料を作っており、それも今回の役員会提出資料に含まれている。そこにはやはり9億～9・5億ドル前後の数字が並んでいた。

「うーん。どうするかなあ」

平井が唸って黙った。しばらくしてから梶田が言った。

「9億ドルでどうですか？　もし他の企業が高い金額を提示している場合は、それ以上の価格を提示できないかと先方から一度連絡がありますよね」

「うん、それはあると思う」

また平井は黙ってしまった。

「平井さんが悩んでいるのは、どのへんですか？」

「うーん。メリー化粧品にとってはコスメアーサーは絶対に欲しい企業だからさ。安く買うのはもちろん重要だけど、この会社が買収できない場合のリスクは非常に大きい」

「それはそうですよね」

「今後の成長戦略は狂うし、他の企業に取られるとますます競争が激しくなるからな。だからもうちょっと上の金額を提示して、確実に入札に勝つほうがいいかなと思って」

平井はあまり悩むタイプではないので、梶田もミヤビもこの最終決断の重みは実感していた。

「ちょっと、明日の朝まで考えるわ。あと、もう一度小林さんとも相談してみる」

そう言って平井は受話器を取り上げて、梶田とミヤビは平井の部屋を出た。

3

翌朝、平井は買収金額を9・3億ドルで提示することに決めた。また、他の買収候補者がより高い金額で入札してきたことを想定し、10億ドルまでは今後の先方との交渉過程で、経営陣の一存で買収金額を引き上げる可能性があることも、役員会で承認を受けるようにと小林部長にお願いした。そして、役員会当日の朝を迎えた。

「先輩、今日の役員会って11時からですよね?」

「そうだよ。1時間の予定らしいけど、まあ、昼過ぎには結果が平井さんのところに報告されると思うよ」

午前11時になるとミヤビは他の仕事が手につかなくなった。そして、

『メリー化粧品株式会社　取締役会御中』

と書かれた資料の表紙を、ひたすら見つめていた。自分の作ったプレゼンテーション資料が、クライアントの取締役会で1000億円規模の買収案件の是非、そして最終入札の内容を決定するために使われているということに、何とも言えない感情をつのらせていた。

プレゼンテーション資料の最後には添付資料として、コスメアーサーに提出する予定の最終入札書があった。その最終入札書も、ミヤビが梶田にお願いしてドラフトを書かせて

もらい、それを梶田と平井が修正したものだった。

12時半ごろにランチを買って、自分の席に戻ってきたミヤビを、梶田が待っていた。

「あ、先輩！　どうなりました？」

「買収は中止だって……」

「え?!　ホントですか?!　ど、どうしてですか?!」

「俺たちの作った資料の63ページに重大な間違いがあって、それで、中止になったってさ」

ミヤビは目の前が真っ白になって、そのまま呆然と立ち尽くした。そしてしばらくして、

「63ページってどういう内容だったっけ……」

と思い、慌てて資料の63ページを開いた。そのページは、買収価格の算出根拠について書かれてあるページだった。

「せ、先輩……。このページに書いてある根拠に間違いがあったってことですかね……」

ミヤビは顔面蒼白だった。一方の梶田はそんなミヤビを涼しい顔をして見ていた。ミヤビは続けた。

「このページって私が作ったページなんですよ……。もしかして、私が何か計算間違いでも……。あ〜、どうしよう、どうしよう……」

「まあ、仕方ないよ。発見できなかった俺のミスでもあるし、平井さんのミスでもある。やってしまったことは仕方がないよ」

「で、でも……。それで、本当に買収は中止になってしまったんですか？　私、メリーさんに謝りに行きます！　あ！　じゃあ、まず小林さんに電話しなきゃ！　なんとか中止を撤回してもらいます！」

そう言って、ミヤビは慌ててメリー化粧品の小林部長の名刺を探し出した。そこで梶田がミヤビに言った。

「ミヤビ。冗談だよ。9・3億ドルで最終入札することが決定したってさ」

「え?!　ホントですか?!　もう、どっちがホントなんですか？」

「最終入札するって。さっき小林さんから平井さんに電話があって、資料の作成、ありがとうございました、って。あとは、最終入札、よろしくお願いします、だってさ」

「もー!!　先輩!!　私、私、ホントにダメになっちゃったのかと思って……。しかも、私が何か資料の作成でミスしたのかと……」

そう言いながら、ミヤビは大粒の涙をポロポロとこぼしはじめた。

「おいおい、ごめんごめん。そんなに泣かせるつもりはなかったんだよ。ちょっと焦らせようかなと思っただけで」

「もう！　先輩ひどいですよー！」

そう言いながら、すすり泣くミヤビを、周りの人たちは何事があったのかと不安げに見ていた。

第12章 思い出のミーティングルーム［最終入札］

1

夜になり、ミヤビが梶田の席にやってきた。

「先輩、晩ゴハン食べました？　まだだったら、一緒にコンビニに買いに行きません？」

昼間に泣いていた姿とは打って変わって、ミヤビは元気そうだった。そんな姿を見て梶田はホッとした。実は、冗談にしても午後のウソはやりすぎだったなと反省していたのだった。二人はコンビニで夕食を買ってオフィスに戻ってきた。

「あのミーティングルームで一緒に食べませんか」

「うん、いいよ」

ミーティンググルームで食事を始めると、ミヤビがおもむろに話し出した。

「先輩、なんか私たち仲よしですね。毎日毎日こうやって二人でがんばってきましたものね」

「まあ、仲よしかどうかは置いておいて、確かに結構大変だったよな」

「結局私たちはこの案件のために、いったい何時間ぐらいこうやって、一緒にミーティングルームにこもって打ち合わせをしたり作業をしたりしたんでしょうね？」

「うーん、どれぐらいだろうなあ」

「しかも、一緒に食べたランチや晩ゴハンも合わせると、相当な時間を一緒に過ごしたことになりますよね」

「そうだなあ。結構、週末出勤もしてもらったもんなあ。って、もしかしてこれってミヤビに彼氏ができないことの責任を取れっていう会話⁉」

「そんなんじゃありませんよ〜。まあ、確かにその責任も取ってもらう必要もありますが、なんとなくどれぐらいの時間を過ごしたんだろうな、って思ったんですよ」

「うん」

「で、今日はとうとうコスメアーサーの最終入札じゃないですか？　なんだか感慨深いんですよね。もちろん最終入札に通過して、案件をクローズさせないことには感傷に浸っている場合じゃないんですけど、でも、私にとってはなんとなくそういう感じなんです」

「そっか。そうとも知らずに今朝は悪い冗談を言って、悪かったな」

「そうですよ。ホントにびっくりしたんですから」


そしてミヤビは少し遠い目をしながら続けた。


「先輩、このミーティングルーム、覚えています？」

「ん？　何のこと？」

「私が最初に先輩と一緒にやった仕事って、メリー化粧品にコスメアーサーの買収を提案することだったんですよ」

「そうだっけ？」

「そうですよ。2年前のことですけど。それで、最初にプレゼンテーションの資料を作った時に、この部屋で先輩と打ち合わせをしたんですよ」

「へ〜。よくそんなこと覚えているね」

「だって、当時の私は、まだ1年目だったのに早速ダメ社員の評価を受けて、部署の中でお荷物状態になっちゃって、それを平井さんが拾ってくれたんですもの。そのあたりの記憶は鮮明ですよ」

「お荷物とか、平井さんが拾うとか、そんなのは全然なかったよ」

「いいんですよ。大体のことは私でも想像がつきましたから。それに、私が先輩のグループに配属になるって聞いた時は、先輩も相当嫌がったって聞いていますよ！」

「えっ?! そんなことは全然ないよ……」

梶田は自分の表情がミヤビに読まれるのではないかと思い、急いでコンビニ弁当をかき込んだ。そして、ミヤビは優しい表情で続けた。

「1年目の私って、いろんな人に見放されていたので、誰もな〜んにも教えてくれなかったんです。でも、先輩はいろいろと教えてくれました。その最初のレッスンがこの部屋だったので、私はこの部屋、大好きなんです」

梶田はただ、黙ってコンビニ弁当を食べるしかなかった。梶田は、当初は、ミヤビが使い物にならないと自分が困るので教えただけだったのだ。しかし、ミヤビにとってはそれほどの大きな出来事だったと今聞かされて、梶田はなんだか自分が悪いことをしているような気分にもなった。

「じゃあ、グレートアメリカン証券に最終入札書を送るのは、この部屋からにしようか。ちょっとノートパソコン取ってくるよ」

「いいですね～。そしたらきっと通過しますよ」

「ミヤビの悪運次第だな」

「もう～！　またそうやってからかう！」

その声に押されるように、梶田は部屋を出ていった。そして数分後、パソコンを抱えて戻ってきた。

「よーし、じゃあ、最終入札書を送るか」

「でもメールで送るだけなんて、なんだか味気ないですね」

「もちろん原本もあとで郵送するよ。でも、まずはスキャンしたものをメールで送って相手に確認させないとね」

「ですね。じゃあ、カウントダウンしてもいいですか？」

「何のカウントダウン？」

「私が10、9、8、って数えていって、ゼロになった時に先輩がメールの送信ボタンを押すんです。共同作業みたいでいいでしょ？」

「なんだかわけが分からないけど、まあ、いいか。じゃ、俺はいつでも準備オッケーだよ」

「じゃ、いきますよ～。せーの！　10、9、8、7、6」

ミヤビのカウントダウンを聞いているうちに、なんだか梶田も興奮してきた。そして気がつくとミヤビと一緒にカウントダウンをしていた。

「さん、にー、いち、ゼロー！」

「送信！」

「やったー!!」

そうして最終入札書がグレートアメリカン証券に送られた。梶田は、最初のうちはこういうミヤビの子供っぽいところや、やけに明るいところに、いちいち付き合うのは面倒くさいと思っていたが、今となってはミヤビのそういう一面をかわいいとさえ思えるようになっていた。

「よし。じゃあ、あとは現地時間でオフィスアワーになったら、向こうがメールを見たかどうか電話をして確認しておくよ」

「ハイ、ありがとうございます。ちなみに、どれぐらいで最終入札に通過したかどうかって分かるのですか？」

「まあ、ケースバイケースだね。すぐに返事があるときもあれば、数日経ってからという場合もあるし。でも、結構すぐに返事があることが多いよ」

「分かりました。じゃ、明日の朝が勝負ですね」

「だね」

2

翌日の朝、平井の携帯電話にグレートアメリカン証券から国際電話があった。

「ハロー、こちらグレートアメリカン証券のリチャードです」

「マンハッタン証券の平井です」

「メリー化粧品の最終入札書、確かに頂戴しました。端的に申し上げますと、今回の入札ではメリー化粧品がもっとも有力な買収候補企業だと考えております。つきましては、今から1週間、コスメアーサーはメリー化粧品に対して、売却に関しての独占交渉権を提供したいと思います」

「ありがとうございます。ただし、1週間というのはちょっと短い気がしますが」

「いただきました契約書の修正案には、当方とメリー化粧品で大きく考えの異なるところがいくつかあります。それらが解決できないと売却は難しいと考えております。双方の考えがどれだけかけ離れているのかを確認するには1週間で十分かと思います」

「なるほど」

「もちろんコスメアーサーが必要あると判断すれば、独占交渉期間を延長することもありえます」

「分かりました。では、早速メリー化粧品に伝えます。月曜日にはそちらにお伺いして、早速契約書の内容に関して協議させていただきたいと思います」


メリー化粧品は最終入札に通過したのだった。平井は早速小林の携帯に電話をした。土曜日の朝のまだ早い時間帯だったので小林が寝ているかもしれないと思ったが、小林はワンコールで電話に出た。


「小林さん、最終入札に通過しました」

「ホントですか?!」

「ええ、先ほどグレートアメリカン証券から連絡がありました。早速月曜日にカリフォルニアで契約書の内容に関して交渉をしようと言ってきています」

「ハイ、分かりました。もうそのつもりで、松下をはじめ、担当者のスケジュールは押さえておりますので大丈夫です。もう、ここまで来れば大丈夫ですよね？」

「そう思いたいところですが、とりあえず我々は1週間の独占交渉権を獲得しただけですので、まだ油断はできません。先方が言うには、契約書に対して我々が変更を要求しているいくつかの箇所については、どうしても譲歩することができないところもあるみたいです」

「そうなんですか」

「ええ。ですので、そのあたりを協議して合意できそうであれば、1週間以内に合意に持っていきたいということです。そうでなければ、他の買収候補者と協議すると言っています」

「なるほど、分かりました。1週間ですね」

「ハイ。ただ、実質的な交渉が開始できるのは月曜日からですので、月曜日から金曜日までの正味5日間ですね」

「了解です。ちなみに、他の買収候補者はどれぐらいの価格を提示していたんでしょうね？」

「それは分かりません。私もそれとなく聞いてみましたが、まあ、当然のことですが教えてはくれませんでした。でも、それほど我々とかけ離れたところではないと思いますよ。ですので、油断はできませんね」

「分かりました。では、明日、成田空港でお会いしましょう」


平井は小林との電話を切ると梶田に連絡をした。そして、平井から連絡をもらった梶田はすぐにミヤビに連絡をした。


「ミヤビ、最終入札、通過したってさ」

「キャー！　ホントですか?!」

「うん。さっき平井さんから電話があって、明日から平井さんと俺と、そしてメリー化粧品の人たちで、また西海岸のコスメアーサーの本社に行ってくるよ」

「うっわー、いいな～。私も行きたいですよ～」

「俺たちもミヤビを連れていきたいんだけど、ミヤビには東京に残ってもらって大きな仕事をしてもらわないといけないんだよ」

「大きな仕事って何ですか？」

「案件を発表するプレスリリースの作成なんだけどさ。もっとも投資家や市場関係者に分かりやすく、そして、伝えたいことを存分にアピールできるようなものを作ってほしいんだよ。これで最後にドーンと花火を打ち上げてほしいんだ」

「いいですね～。確かにこの段階で私が西海岸に同行してもできることは限られてますし、プレスリリースの作成でちょっとでも貢献できるようにしますね」

「ありがとう」

3

日曜日、マンハッタン証券からは平井と梶田が、メリー化粧品からは松下と小林ら3名が、そして弁護士2名がカリフォルニアに向かった。機内ではそれぞれ契約書に目を通し、交渉項目の優先順位づけを行っていた。最終入札では、先方から出てきた契約書のドラフトにメリー化粧品側の希望する変更点を提出したので、交渉の過程で一つひとつの項目に関してお互いが譲歩をする形で妥協点を見出すことになる。

「では、簡単なところから議論を開始しましょうか」

月曜日の朝から交渉のミーティングが開始された。両サイドの弁護士が中心となって話を進めていく。契約書の中でお互いの意見が大きく割れていたのは、やはり損害賠償、表明と保証、支払い方法など、最終的に買収金額や金銭面に絡むことであった。

ある項目でどちらかが譲歩すれば、別の項目で他方が譲歩する、そして時にはお互いの作戦タイムの時間を設ける。こんな形で契約書の交渉は進んでいき、お互いの認識を理解したぐらいのところで初日の交渉が終わった。

メリー化粧品側のチームメンバーは、夕食をしながら翌日以降の作戦について打ち合わせを行った。おもに松下、小林、平井、そして弁護士を中心に会話が進んだ。


「本日の内容は、どうでしたでしょうか?」

「まあ、本格的な交渉というよりはお互いの考えを把握するぐらいでしたが、ある程度満足のいく内容だったと思います」

「細かい点については、明日以降に合意して片づけることができそうですね」

「ええ。そう思います。そのあとに、損害賠償など大きな項目ですね。こいつは大変そうだ」

「表明と保証に関しても、向こうはほとんど何の表明も保証もしたくないというスタンスですしね」

「うーん。しかし、相手は株主が投資ファンドだけあって、なかなかタフですね」

この後、チームはどれぐらいまでなら譲歩できるかという点を中心に話し合った。

4

ホテルに戻ると、梶田は東京のミヤビに電話をした。

「プレスリリース、どう？　うまくできそう？」

「ええ、先輩に指示されたとおりに、買収の目的、意義、そして買収金額の妥当性についてカバーして簡潔にまとめるということで、メリー化粧品のＩＲ部門の人たちとＰＲエージェントの人たちとで内容を作っています」

「今の段階のドラフトってある？」

「ええ、つい先ほどの段階のものを先輩にメールしておきました」

「ありがとう。じゃ、あとでチェックしておくよ」

「キチンと見てくださいよ。私、先輩がいなくて不安なんですから……」

「分かった分かった。今晩中にはメールで折り返すよ」

「ありがとうございます。ところで、そちらの交渉状況はどうですか？」

「うーん、まだ初日だから何とも言えないけど、でも、結構考えに開きがあるところもあって、なかなか厳しい交渉になるんじゃないかな」

「そうですか……。でも、なんとか、がんばってくださいね！」

そして、翌日以降も交渉が続けられた。だが、なかなか契約書が合意に至るには及ばなかった。両社の意見の相違が大きい状況に、メリー化粧品の松下専務も若干焦りを感じていた。

「平井さん、先方はこのまま独占交渉権が切れるタイミングで、こちらが焦り出すのを待っているようですね」

「そうですね。少しずつお互いの譲歩点が見えつつありますが、でも、やはり金曜日までかかるでしょうね」

「でも、こうやってダラダラと交渉を続けると、相手の思うツボのような気もします」

「ええ、ただ、向こうも大変な状況は同じですし。ガマン比べですね」

「でも、独占交渉権が切れると向こうが有利ですよね」

「まあ、そうとも言えません。強気な態度ではありますが、向こうもメリー化粧品さんとこの案件をまとめたいと思っている雰囲気はありますので、ギリギリまで粘っていい条件を引き出そうとしているのだと思います」

5

最終交渉は金曜日の夜中、土曜日になりつつある23時半ごろまで続いた。合意に至るまでには紆余曲折があったが、メリー化粧品が一方的に譲歩した形ではなかったので、なんとか調印までこぎつけることができた。契約書へのサインが終わり、平井が松下専務に言った。

「おめでとうございます」

「ありがとうございます。これもひとえに皆様のご助力のお陰です」

「いえいえそんなことはありません。では、早速東京にも連絡をしてください。ちなみに記者会見のタイミングはどうしましょうか？　月曜日の朝、株式市場が開くまでには当案件のことを公表しないといけませんが」

「なるほど。どうしましょうか」

「月曜日朝一に公表をして記者会見を開くのでもいいですが、それだと新聞に載るのが夕刊になります。できれば朝刊1面を飾りたいでしょうから、少し細工をしたほうがいいかもしれませんね」

「と言うと？」

「よくあるケースは、公表は月曜日朝一にするとしても、週末のうちに事前に新聞記者に当案件のことをリークし、月曜日の朝刊の1面の記事になるようにするとかですね」

「ああ〜、そういうことですね。まあ、それも含めて社長に相談してみます」

松下がメリー化粧品の児島社長の携帯電話に連絡を入れると、児島は大変喜んでいた。梶田も今すぐにでもミヤビに連絡をしたかったが、とりあえずは一段落するまで待っていた。松下は電話が終わると平井に言った。

「案件の公表、記者会見は日曜日夜に行います。記者にリークというのは社長が嫌いなようで。元来ズルイことなどが嫌いな人なんですよね」

「それは大変失礼いたしました」

「我々が明日の便で東京に戻れば、日曜日の記者会見にはギリギリ間に合いますので、私も記者会見に同席いたします」

「分かりました。我々も、ぜひ出席させていただき、記者会見の模様を拝見します」

「では、本来であれば祝杯といきたいところですが、ホテルに戻って各々明日の帰国の準備などに取り掛かりましょう。祝杯はまた東京でということで」

「分かりました。では、明日朝ロビーにてお待ち合わせさせていただきます」

そして、全員ホテルの各自の部屋に戻っていった。梶田は早速部屋の電話からミヤビの携帯に電話をかけた。


「ミヤビ。案件、成立したよ」

「えー！　ホントですか⁉　また前みたいにダマシじゃないですよね⁉」

「今度はホントだよ。さっき売買契約書に合意した。俺たち全員明日帰国して、日曜日夜に記者発表だよ」

「うわー、おめでとうございます！　その場に私もいたかったなあ」

「うん。俺たちもミヤビと一緒に喜びを分かち合いたいと思ってね。一応写真だけは撮っておいたよ」

「わー、楽しみにしています」

「記者会見の場所は明日にでも決まると思う。ミヤビのところにもメールが送られていくと思うので、そこで会おう」

「ハイ、分かりました！」

6

松下専務ら一行はアメリカ西海岸を土曜日昼に出発し、日本に日曜日午後に到着する便で東京に戻ってきた。成田空港に着いたのは16時ごろで、それから全員記者会見場まで直行した。記者会見場に大きなアタッシェケースやキャリーを引きながらカリフォルニアからの帰国組が到着すると、カメラのフラッシュがたかれた。そのなかに平井や梶田もおり、会場の隅のほうでその様子を見ていたミヤビは感無量で涙ぐんでいた。

「先輩……。平井さん……」

そのまま一行は控え室に向かい、社長らと記者会見の打ち合わせをした。控え室に入ると社長が開口一番、

「いやー、よくやってくれた！ ホントによくやってくれた！」

と言いながら、松下以下、全員と握手を交わした。そして、周りにいた財務戦略部、経営

企画部のスタッフもその握手の輪に加わり、最後には誰からともなく拍手が湧き起こった。

「さあ、最後の仕上げといこうじゃないか。キチンと記者発表を行い、市場にメッセージを伝えて投資家に我々の戦略を理解してもらおう。案件が成立して喜んでみたものの、市場が開けたら株価が大暴落とかじゃ話にならないからな」

そう言うと、社長、松下、その他スタッフで手際よく記者発表の打ち合わせを行った。テーブルにはプレスリリースも置いてあり、それは東京でミヤビらが中心となって取りまとめたものだった。それを見て梶田はミヤビのことを思い出した。

「ちゃんと会場に来ているのかな……」

記者発表が始まる時刻になり、社長、松下らは壇上に向かった。平井や梶田は、会見がよく見えるように記者席の後ろのほうに場所を移した。すると、そこからはミヤビが会場の隅のほうで、ハンカチを手に握り締めながら壇上を見つめている姿が見えた。

「平井さん、ミヤビ、あそこにいますよ」

「お、ホントだ。なんだ、あいつ、また泣いているのか?」
「みたいですね」
「梶田、ちょっとそばに行って慰めてこいよ。バンカーが泣いていると恥ずかしいからな」
「ですね」

梶田はミヤビのそばに移動した。

「ミヤビ……」
「あ、先輩……。お帰りなさい……」

ミヤビはそれ以上は言葉が出てこないようだった。そして、ちょうどその時記者会見が始まり、児島社長が発言した。

「えー、ではただ今より記者会見を開始いたします。当社メリー化粧品はこのたび、アメリカのカリフォルニアに本拠を置きますコスメアーサーを買収することで、同社の株式を100%保有しておりますUSインベストメントパートナーズと合意いたしました」

パシャパシャとカメラのフラッシュがたかれた。

「ミヤビ、よく見ておけよ。ミヤビのバンカー人生の大きな一ページだぞ」

「はい……」

「よくがんばったな。ありがとう」

「はい、ありがとうございます……」

ミヤビの頬を幾筋もの涙が伝った。梶田はそれを制することもなくそのまま見守った。

メリー化粧品によるコスメアーサー買収の記事は、翌日月曜日の朝刊1面に載り、市場が開けてからは、メリー化粧品株には大量の買い注文が入り、市場は当買収案件を大歓迎した。そしてミヤビは、朝刊1面に載った記事を大事にスクラップして、そっと自分の引き出しにしまった。

エピローグ

六本木の、静かなバーで

「あ〜あ、また寝ちゃった」

梶田とミヤビは、メリー化粧品のコスメアーサー買収成功祝いのクロージングディナーを終えたあと、以前に二人で来たことのある六本木のバーにいた。

「また、前と同じですね」

バーテンダーが軽く笑いながらミヤビに言った。

「そうですよね。先輩は、前もこうやって私がお手洗いに行っている間に寝ちゃいましたよね。まったくどうしようもないんだから」

そう言ったあと、ミヤビは眠っている梶田を見ながらしばらく黙っていたが、突然思い出したようにバーテンダーに聞いた。

「そういえば、前にこちらにお邪魔した時に聞いた話ですと、先輩って結構前からこちらのお店に来ているんですよね？」

「ええ、そうですよ」

「どれぐらい前から来ているんですか？」

「もう4年ぐらいですかね？」

「いつも一人で来ているんですか？」

「ええ、お一人ですね。いつもこのカウンターに座っていますよ」

「へ〜。そうなんだ。一人ならこんなオシャレなバーに来なくてもいいのにね……」

そうつぶやきながら、ミヤビは少しホッとした。前から梶田が誰とこのバーに来ているのかが気になっていたのだ。

「私だったら、お気に入りの異性と来るけどな。こういうお店は」

「ええ、梶田さんもそうおっしゃっていましたよ。特別な女性ができたら連れてくるって」

「え?!」

ちょうどそこでバーテンダーは他のお客に呼ばれてミヤビのそばを離れた。その後、ミヤビは梶田が目を覚ますまでずっと梶田の寝顔を見つめていたが、1時間ほどすると梶田はおもむろに起き出した。


「あ、先輩……。起きましたか?」

「あ、俺、また寝ちゃった?」

「ええ、ぐっすり」

「うわー。ごめんごめん。明日も仕事だし、帰ろうか」

「ええ、そうしましょ。でも、先輩って水臭いなあ。早く言ってくださいよ」

「え? 何のこと?」

「いえいえ、いいんです。こっちのお話ですから」

「ん?!」

「さあ、明日からもまた、お仕事がんばりましょうね。これからもたっくさんご迷惑をおかけすると思いますが、末永くお付き合いくださいね」

そう言うと、ミヤビは元気に席を立って、軽やかな足取りでバーの出口に向かった。

あとがき

「どうする？」

　それは１９９７年春、私の就職活動の際に外資系投資銀行の採用担当者が言った言葉でした。

「そうですね……」

「正直なところ、どうしても投資銀行に入りたい、どうしてもうちの会社に入りたいという強い意志がないと、この先の面接をセッティングしてもうまくいかないと思うのよね。うちの会社のシニアは結構シビアだから学生がどれぐらいの意欲を持っているかはすぐに見抜いてしまうし」

「はい……」

「でも、私たちもあなたにポテンシャルはあると思うし、あっさり失敗するような面接はセットしたくないのよね。自分がどの業界に行きたいか、しばらく考えてみる？」

「そうですね……」

「でも、あなたが考えている間にもうちの会社の採用は進んでいるので、あなたがまたうちの会社をノックするときには採用枠が埋まっているかもしれないけどね」

「分かりました」


当時の私は商社、メーカー、外資系投資銀行の３つの業界を就職先として考えていました。しかし、外資系投資銀行だけ面接が早く、私は５～６人との面接を終えた段階でもまだ３つの業界で悩んでいました。そんなときに前述のような会話を外資系投資銀行の採用担当者としたのでした。

結局私はしばらくその外資系投資銀行の採用面接ラインから外れます。そして、２週間ほどじっくり考えて、やっぱり外資系投資銀行で働きたい！　という思いを強くして再度担当者に連絡をしました。

「もしまだ可能であれば、また面接を再会していただきたいと思うのですが」

「まだ大丈夫よ」

「ありがとうございます。あと、ひとつお願いなのですが、一度業務内容がどんなものかざっくばらんにお話をお伺いする機会を頂戴できませんか？」

外資系投資銀行ではスプリングインターンと言って、２月ごろに業務内容を体験してもらう機会を学生に提供します。最近ではフォールインターンやサマーインターンなど、年々インターンの開始時期は早まっているようですが、私のころはスプリングインターンが最初でした。ただ、私が外資系投資銀行の存在に気づいたのはすでにスプリングインターンの締め切りも終わっていたころだったので、実際の業務内容を正確には把握できていませんでした。

そうしてゴールデンウィークの平日に、私は採用担当者を訪問し、業務内容のレクチャーを受けます。後日、彼女が語ったところによると、

「あの時にあなたがレクチャーを乞うてきたのはインパクトがあったんだよね。この業界に入りたいという欲求が手に取るように分かったからさ」

ということでした。そして、最終面接の直前でまた採用担当者とコミュニケーションをしました。

「あなたと誰かじゃなくて、あなたか誰かなの」

「はあ……」

「もっと分かりやすく言うと、うちの内定枠は3人。うち2人はもう決まっていて、内定を出しているの。だから残りの枠は1つなの」

「わ、分かりました……」

まさかそこまでの状況になっているとは思わず、私はビビッてしまいましたが、もうどうしようもありません。最終面接をとにかくがんばるのみです。そして翌々日ぐらいに投資銀行本部の本部長との最終面接でした。

「聞きたいのは3つだけだよ」

「はい……」

「あなたは誰？　なぜこの業界に入りたいの？　そしてその中でもどうしてうちの会社に入りたいの？」

この面接は、その後の私の人生に大きく影響を与えています。私はなんとかその3つの質問に対して答えを出します。いくつかのやり取りがありましが、最後に本部長が
「あなたはいつかどこかで必ずこの業界で働くことになるでしょうね……」

と言って、面接は終わりました。最終的にはこの会社から内定をもらい、私は業界に入ったわけです。

しかし、1年もしないうちにこの本部長を含め部署の半分以上の人間が他の会社へ転職していきました。この人たちと働きたい！　と思って入社した1年目の私にとって、それは嵐のような出来事でした。当初はそんな先輩たちを、

「採用だけしておきながら無責任な人たちだなあ」

と思ったりしたのですが、でも、この業界はそういう業界であり、むしろ彼らがいたからこそ業界に入ることができたわけで、その点はむしろ感謝しなくちゃ、と思うようになります。実際に当時の先輩たちとは今でもコミュニケーションを取っており、私が転職する際にも引っ張ってくれたりしました。そして私が入社した直後、それはこの物語に出てくるミヤビのように、ファイナンスのことはチンプンカンプンでした。そんな私に株と債券の違いを説明してくれた先輩、財務諸表の見方を教えてくれた先輩、そして日本のビジネスマンとしての最低限の言葉遣いを教えてくれた先輩など、ドライなイメージのある外資系金融ですが、内実はナイスガイの集まりでした。転職して散り散りになっていますが、今の自分があるのは彼らのおかげだと思っています。毎日ヘトヘトになるまで働き、終わりの見えない仕事の量に目の前が真っ暗になって、オフィスビルの回転扉にゴツンと頭をぶつけたことも何度かありましたが、今でもあの時代はコンペイトウのようにキラキラしています。

私は業界に入って4年経ったときに同業他社に転職しましたが、その時に

「入社してから今まで、青春だったよね……」

と投資銀行本部に在籍していた私の同期がポロッと言ったのでした。

「うん、そうだよね」

「クソみたいなことも山ほどあったけどさ、まあ、こうやって同期と隣同士に座って毎日明け方までワーワー文句を言いながら仕事をしたってのは、青春なんだと思うよ」

「だね〜」

投資銀行本部の同期は私を含めて3人でした。みんな今は業界を去ってしまい、ひとりはベンチャー企業社長、そしてもう一人は取引先にヘッドハントされて転職しました。後輩を見ていても、起業する人、ファンドや同業他社に転職する人などさまざまですが、みなそれぞれ投資銀行にいたときの経験をフルに生かしているようです。そして業界に残っている人たちはみなバイスプレジ

デントとなり、中核的存在として活躍しています。

本書は、投資銀行で働くミヤビの物語を通じて、最近世間をにぎわせている外資系投資銀行、中でもM＆Aや資金調達案件を手がける投資銀行本部の仕事内容を見てみるという構成になっています。詳細なコーポレートファイナンス理論の解説などは別の書物に委ねることとし、そもそもどんな世界なのかを垣間見ることに重点を置きました。

また、投資銀行に限らず、職場としてはこんな職場がいいな、こんな人たちと働けたらいいなという著者の個人的な理想を盛り込んだ内容になっています。モンキービジネスと呼ばれ、想像以上に下らない仕事が多いと揶揄される業界ではありますが、本書ではあまりそのような場面には触れていません。従いまして、本書をお読みになってから実際に業界に入るとそのギャップに驚いてしまうことになるかもしれませんが、著者はその責任については追いかねますのでご了承いただければと思います（笑）。

最後になりましたが、本書出版にあたってはダイヤモンド社の加藤貞顕さんには大変お世話になりました。この場をお借りして厚く御礼申し上げたいと思います。そして、本書をお読みくださった皆様、ありがとうございました。

２００６年８月25日
すっかりオフィスと化した自宅の食卓にて
保田隆明

［著者］
保田隆明（ホウダ・タカアキ）
1974年11月16日生まれ。リーマン・ブラザーズ証券（東京、ニューヨーク）、及びUBS証券（東京）の投資銀行本部にて1998年より2004年までM&A、資金調達アドバイザリー業務を手がける。2005年にはみずから起業したSNS会社をM&Aにより売却後、ネットエイジキャピタル執行役員としてベンチャー投資を行う。2006年からはワクワク経済研究所LLPを主催し、テレビ、新聞、雑誌などで経済コメンテーターとして活動。著書に『図解株式市場とM&A』（翔泳社）、『恋する株式投資』（青春出版社）、『投資事業組合とは何か』（ダイヤモンド社：共著）がある。

［著者ブログ］
ちょーちょーちょーいい感じ
http://wkwk.tv/chou/

投資銀行青春白書

2006年9月14日　第1刷発行

著　者——保田隆明
発行所——ダイヤモンド社
〒150-8409　東京都渋谷区神宮前6-12-17
http://www.diamond.co.jp/
電話／03·5778·7236（編集）　03·5778·7240（販売）
イラスト——ヤスダスズヒト
デザイン——森 裕昌
製作進行——ダイヤモンド・グラフィック社
印刷————堀内印刷所（本文）・加藤文明社（カバー）
製本————川島製本所
編集担当——加藤貞顕

ISBN 4-478-93078-3